友情支持

镇平县玉神工艺品有限公司   刘晓强

河南应汶玉文化传习玉坊   王东光

镇平县春风德玉玉雕工作室   张春风

苏州长风玉舍·大赵玉雕工作室   赵显志

苏州文同轩玉雕艺术有限公司   范同生

苏州一户侯玉雕工作室   侯晓峰

苏州悠然居玉雕工作室   庞 然

江富建

· 著

玉雕
美学漫步

聂振斌教授题

GUANGXI NORMAL UNIVERSITY PRESS
广西师范大学出版社
·桂林·

图书在版编目（CIP）数据

玉雕美学漫步 / 江富建著. 一桂林：广西师范大学
出版社，2019.11

ISBN 978-7-5598-2334-2

Ⅰ．①玉… Ⅱ．①江… Ⅲ．①散文集－中国－当代
Ⅳ．①I267

中国版本图书馆 CIP 数据核字（2019）第 249245 号

广西师范大学出版社出版发行

（广西桂林市五里店路 9 号　邮政编码：541004）
网址：http://www.bbtpress.com

出版人：张艺兵

全国新华书店经销

广西昭泰子隆彩印有限责任公司印刷

（南宁市友爱南路 39 号　邮政编码：530000）

开本：787 mm × 1 092 mm　1/16

印张：17　　字数：185 千字

2019 年 11 月第 1 版　　2019 年 11 月第 1 次印刷

定价：86.00 元

如发现印装质量问题，影响阅读，请与出版社发行部门联系调换。

序

　　玉雕艺术悠久而厚重，她记录着时代更替、文化嬗变的脉络。玉雕作品总是能愉悦人们最敏感的五官，故而她的影响堪与哲学媲美。

　　山光草木、亭榭潭影、寓意吉祥、含道悠远，玉雕艺术所表现与表达的题材与深意，都弥漫着中华玉文化醇厚幽香的韵味。作为中国人，几乎人人都想亲近玉文化，感受玉雕艺术带来的美，诸如孔子的教化、老庄的灵魂、陶公的赋闲、李白的飘逸，流连于玉石质地的细腻，品味玉雕艺术的绝妙，感悟玉如人生的观照。

　　无论是郑板桥的墨竹，还是陆子冈的玉竹，都代表着历代玉人想努力达到的精神境界。明清时期玉雕作品所表现的鸟惊心、花溅泪，当代玉雕中刻画的人生轨迹、宇宙妙谛，无不是玉人自由心境的表达，无不饱含着玉人的创造。

　　玉雕艺术犹如润喉的茶，是中华文明中最高贵的一种美。她几乎是在不知不觉中润泽了心田，继而久留在心灵。有时，一件极美的玉雕作品，可以瞬间征服观众，令其精神陶醉，甚至泪水失控，或是让人憧憬着美好的人生。

　　美好的感觉是一种精神需求，人人都在追求。我一直觉得，玉雕艺术是以精神来琢磨的，"精神者，气之华也"（清·方东树《昭昧詹言》卷一），"精神"者，诗文为之"灵魂"。玉雕艺术的核心是"灵魂"，是玉人之思想，即其用心

1

灵雕琢出的生气和情感，此谓之精神。

玉人精神的提升，根植于对玉雕文化的渴求。那流动飘逸的云水，小窗梅影的月夜，绮丽明媚的春光，荒寒幽寂的秋色，无不是玉人表达情思的题材。在玉人的思绪里，亲历大自然的烟云空蒙、啼鸟处处，抑或登山峦、观日辉、涉大川、送夕阳，如此在大自然的氤氲氛围中沐浴灵魂、陶冶性情、开拓胸襟，让心灵远游，让心智伸展，令精神畅快并流而不可止。

玉人精神需要一份安宁来守护，因此，何不手握一块玉，口品一杯茗，让思绪漫步在中国玉雕艺术的美学长河里？玉的温润，玉雕的敦厚柔秀，玉文化的文明源流，就如同那幽静氤氲的自然。慰藉人们的必是那淡泊纯雅、浑然天成的审美妙境。

漫步于玉雕美学的妙境里，玉之精灵通透，玉人静观自身而神游宇宙，彼此间无障无碍，无所不在，永恒美妙。

玉人的心波在雕刻中脉脉流出，构筑起玉雕艺术的诗意之境。她沐浴着宇宙华光，同时也升华了玉人的情感境界，并昭示着万代流芳的玉雕艺术之精神。

徜徉在润泽以温的美玉中，漫步于怡养性情的玉雕艺术间，相信君子如玉的情怀、刹那间静照艺术的心灵，会愉悦在生命智慧的情趣里，归复于生命真实的价值中。

清泉石上流，茅草树中掩。笔者将山居生活闲暇时用手机随手摄取的伏牛山世界地质公园的山水小景插于文中，希冀玉人们在本书的参阅中得以轻松、清心。

江富建

二〇一九年初春

目录

壹

清浅如许涓流花

平和心境
平凡生活
平等智慧
都付与淡月轻风

一片叶子入壶中，飘落起伏，

一口入喉，品味着灵香神韵，

尽显天、地、人融合的深广意蕴。

茶味，清浅如许，花韵涓流，

如玉雕艺术的优雅，

深邃、凝重、思而留香……

不知身在润泽中。

玉人置身于草木山泉间，

或桃花如灿，或落花听雨，

心有灵犀，生活悠然，

正是玉雕人创造艺术的生命真实。

茶可清心也，是林新居《满溪流水香》之《清心也可以》散文中的句子，乃古人之生活趣味。

如今，玉雕艺术家大多爱茶。一茶一水，一浮一沉，茶味品人生。无论是淡中有味茶偏好，清茗一杯情更真，还是清欢无别事，煮茶待故人，乃是一品茶，灵感便如期而至。于是旋砣挥砂，一气呵成，一件艺术品由茶的激发而问世，表达着玉人人生的感悟和精神的寄托。

茶，虽只是一片树叶而已，却能品味出心灵的渴望与人生的豁达。

饮茶修心。茶是人生的伴侣，是灵感的纽带，是治愈心灵的鸡汤。茶色氤氲，茶香弥漫，时时让我想起东坡居士的煎茶诗：

仙山灵草湿行云，

洗遍香肌粉未匀。

明月来投玉川子，

清风吹破武林春。

要知玉雪心肠好，

不是膏油首面新。

戏作小诗君一笑，

从来佳茗似佳人。

苏轼《次韵曹辅寄壑源试焙新芽》

品着茶，赏着玉，吃茶人如痴如醉，琢玉人不胜神往：

窗外沥沥的夜雨，石屋内暖融融的炉火，一介书生侧卧木椅，一旁温婉贤淑的女子静立其身边。一杯香茗，一卷诗书。

蒙雨之时，一壶好茶慰自己，喝得出苦涩，品得出清香。红袖添香无意味，红颜续茶润性情。

品茶人，沉时坦然，浮时淡然。琢玉人，生活少一些甘甜，多一些苦涩，除却浮躁和华丽，留下的是纯真而淡淡的清香，留给赏玉人的是意犹未尽……

几片竹板制成的盘板，几片绿茶漂浮在茶盏里，缕缕清气微微升起。

那无足轻重的茶叶，却清气馥郁，妙不可言。一盏浅注，一杯清苦，淡泊宁静，芳香幸福。

我们的玉人，若手把一杯香茗，沉淀思绪，让清香润泽心灵，让其味超尘脱俗，或许，苏轼那一句"何须魏帝一丸药，且尽卢仝七碗茶"（《东坡集》）的绝诗，会使你冲淡浮尘，品味四季韵味。

> 一碗喉吻润，
>
> 两碗破孤闷。
>
> 三碗搜枯肠，
>
> 唯有文字五千卷。
>
> 四碗发轻汗，
>
> 平生不平事，
>
> 尽向毛孔散。
>
> 五碗肌骨清，
>
> 六碗通仙灵。
>
> 七碗吃不得也，
>
> 唯觉两腋习习清风生。

卢仝《走笔谢孟谏议寄新茶》

卢仝的新茶诗，令人在清香中陶醉，感受到飘飘欲仙的惬意。问蓬莱在何处？吾欲乘此清风归去。

或许，玉人独自喝茶，不知不觉就会进入一种无限的遐思，玉雕就在这样一种入禅的意境中勾勒：

> 幽静的茶屋里，一把茶壶，一只茶盏，一缕香雾……

可以清心，游离万物之外；把盏赏玉，高山流水亦如此。

岁月匆匆，白驹过隙。玉人的生活被世俗荡涤得几无色彩，但残香依然。一盏茶的时光，优雅从容，就可心情愉悦，这属于一个

玉雕人的茶生活。

岁月静好，与君语；似水流年，与君同。

茶性使然，玉雕创作架构油然而至：

> 茅屋正室，茶桌正中，主客对坐，清茶一壶二杯，相谈甚
> 欢。右侧小茅房下，侍童以泥炉砂壶煮茶，屋外古松翠柏；左
> 侧枯木崖石，小溪潺潺。

玉雕作品的构图，布局娴雅，生动写实，充分展示了玉人所倡
导和追求的风雅之情和高洁志趣。

我爱品茶，且多独饮，久而久之，心中也有一幅玉雕煮茶图：

草庐依旧笑春风

苍松掩映下的小榭中，茶人凭栏远眺。榭内的茶具、诗书、字画、土陶等井然有序地陈列。一童子提着东坡提梁壶沿着小溪走向红泥火炉。炉旁古雅的茶叶罐上，雕琢有几叶兰草。

构图主题：雅。

琢磨意境：静。

表达韵味：茶，可以清心也。

四方侧角壶

白玉

春风德玉　张春风

悠然生活

　　玉人，整天忙于各种烦琐而苦恼的生活，没有闲暇的日子，没有自己的空间，也没有思考的时间。

　　生活如此烦躁，人生如此复杂，快乐不在身边，幸福逐渐逝去，这一切都是为什么？难道，玉人不该有自己的头脑，不该为自己活着，不该有闲情逸致去享受生活？

　　今日生活大小事，柴米油盐酱醋茶。品茶，可谓是寻常百姓家的雅事。

　　茶，上长草，下生木，人在草木间，汲取着天地之精气。从办公室烦琐的事务中走出，从都市的水泥丛林中掠过，从车水马龙的人流中挤出，手捧一盏清茗，悠悠然走进这怡情自乐的世界。

　　玉，源于石，石之美有五德者，质地细腻，质润中和，无瑕坚韧，犹如茶的清雅，是喝茶人玩味的清

和闲，是爱玉人品赏的德与符。

禅，源于佛教的"心佛平等"观念。打禅念佛，久坐易困，喝茶汲取精气，形成了"禅茶一味"的境界。

茶、玉、禅，中国传统文化一脉相承，情投意合，无法分开。或许你只需一壶清茶，品茶于草屋下，清泉绿茗，与朋友共饮，便少了世事喧嚣、人生纷扰，心思平静无扰。又或许你品赏一块美玉，透过皮色直入肌理，那中正和谐的玉质、清水透彻的玉底，会带你走进凝聚天地之精华、脱去凡光污垢之本真的世界。更或许，你在打禅时，点一根佛香，烟雾中逝去了烦恼，换来了清心寡欲的豁然心境。

这时候，我们似乎可以明了，喝茶的本意是陶冶身心，赏玉的根本是修身养性，念禅的实质是正身清心。

而今，我们无论是学习还是工作，紧张忙碌似乎是家常便饭。归隐林间，小住一段，对大多数人来说不太现实。那么，我们是否可以找到一种时间短、用心少、投入成本低的方式，去放飞心灵，享受人间的好时光？也许喝茶就是。现实生活中，喝茶、赏玉，就是将心里的烦琐事暂且放下，去享受喝茶时的"清福"，赏玉时的美妙，求得心境上的意顺畅荡，自得其乐，这就是在享受人间好时节。

有句话说得好："茶如隐逸，酒如豪士；酒以结友，茶当静品。"这静品不是为了解渴，不是为了谈事，而是与朋友合欢相聚，抛开满脑子浮躁的思绪，尽力保持澄清的心思，让自己与朋友在喝茶聊天的过程中，在氤氲草木间升起怡然心境。

其实，与朋友在一起喝茶，知味知心，莫过于用心。面对知心朋友，泡一壶茶的用心、专注，特别是那份虔诚，如涓涓山泉，浸润了茶中最透彻的滋味。一边喝茶，一边与挚友交谈，品味着淡茶的美妙，享受着世间最清静的福气。

其实，与朋友一起赏玉、辨玉，说德论符，讲质谈艺，莫过于爱玉人的真诚。说玉质，直至肌理，那中正和谐的润泽，得益于玉的细小微粒所组成的纤维状交织结构，犹如心心相印的朋友，可以无话不说、尽力相助一般；得益于火热的内心深处积淀的款款深情，说玉符，察言观色，透过皮壳端倪玉心，需要长久的经验积累和刻苦用心，犹如喝茶知味更知心思的安宁一般，需要抛开纷扰，慢慢感悟。日久月深，赏玉就可知德知符，品茶就会感受到清淡中有种隽永悠长的闲情。

喝茶品味，喝的是日月气雾沐浴下的草木之性，品的是汩汩细流的自然之水。喝茶，就是让我们随草木与山泉的清幽，将自己回归于自然之中。

清浅如许涓流花

说玉赏玉，说的是石之美，赏的是玉之灵。大山中的石头，在古人长期的劳动创造中成为生产工具的一种。这些石头在世间慢慢浸润，有了灵性，因而被人们赋予了文化，成为人间宝物和带有情感品德的玉。玉来自天崩地裂造物主的神奇，人来自混沌大地女娲造人的初开。由此，我们追溯遥远的过去，人与玉同是宇宙间的微粒，只是在宇宙世间万物清朗之际才蜕变成人和玉。显然，人与玉的情感本属同源，源自大自然。

浓情饮咖啡，清心品淡茶。郑谷在《峡中尝茶》中说："合座半瓯轻泛绿，开缄数片浅含黄。"清清的茶味绕在水里，缓缓溢出清香，好似青绿的茶汤泡进了一片阳光。茶很清淡，真正的茶玩味的就是清和闲。

玉很美，但不耀眼；玉很硬，但不伤人。《辞海》中说：温润而有光泽的美石就是玉。玉的中和，玉的阴柔，如谦谦君子，满腹经纶，却温和待人。玉的高雅，玉的完美，映照出人们的向往。

茶品类繁多，绿茶、青茶、白茶、黄茶、红茶和黑茶等，喝茶人各有爱好。有人品淡茶，有人喝浓茶。然而，不管怎样，要想得茶趣，还是二三人，能喝出挚友间的情投意合；要想享茶韵，独饮知味长。如此淡饮，需要的是安静，静的是内心。玉种甚多，白玉、翡翠、独山玉、水晶和玛瑙等，爱玉人喜好也不同。有人酷爱白玉的润泽，有人喜爱翡翠的绿艳，还有人钟爱独山玉的斑斓色彩，也有人独爱水晶的清澈。赏的玉虽有不同，但爱玉人都有一个共同的追求，即玉的纯真细腻，光而不耀，一如内心的澄澈和淡雅。

一简一淡是为真

禅宗僧人善于从自然中体悟万物皆空、自然清净之禅理，以"一尘一佛刹，一叶一释迦"谈禅，以生活的世界中万物皆流露、寓意佛性真知，证悟真实不虚的自性清净，并最终达到"得见佛性"的殊胜禅境：佛性与觉悟。

茶的生长要经历一年四季，寒暑露霜秉天地至清之气，是大自然孕育的精华。玉的形成要经历亿年沧桑，或岩浆侵入，或变质蜕化，甚或流水磨砺，是天地自然元素聚合的精华。禅的修为，一年三百六十五天，日之吃斋，夜之念禅，静心修炼，方可完满。茶、玉、禅，是生机勃勃中的灵动，是周而复始的万物，是厚德载物的品质，是心灵宁静而不空虚的人的本真。

抛开烦躁的世界，来品茶、赏玉、打禅吧，换回的一定是清净的天空、宁静的心境、悠然的生活。

茶、玉、禅，让生活更简单。

江岸望山图

白玉

悠然居　庞然

隐居南阳卧龙岗的诸葛亮，常年读书之余躬耕陇亩，才唤来刘备的三顾茅庐。也正如陶渊明所说："既耕亦已种，时还读我书。"这才有史上有名的"桃花源"。又如，隐居学道，"坐对青山读异书"（《香祖笔记·卷四》）的崔金友，虽清冷孤寂，可学问文章、谋略道法深厚，流芳百世。

我们读一读关汉卿的一首词，意味深长：

意马收，心猿锁，

跳出红尘恶风波，

槐阴午梦谁惊破？

离了利名场，钻入安乐窝，闲快活！

南亩耕，东山卧，

世态人情经历多，

闲将往事思量过。

耕读田园泉洗心

贤的是他，愚的是我，争甚么？

关汉卿《四块玉·闲适》（节选）

心性真意表露无遗，超脱名利，隐退山林，那是清泉洗心之地，那有山林野逸之美，那寓隐逸韬晦之意。

"耕读"的题材常常在玉雕作品中得以表现：

清旷的郊野，人静无车马，一老者"锄禾日当午"。或是，茅亭台榭，水景缅邈，手握书卷之先生忘却人间，立于氤氲之间翠色林木之下。

闲适幽静，化实为虚，是以"采菊东篱下，悠然见南山"的心

16　　　玉雕美学漫步

境，去咏叹"澄怀观道妙，益觉此间佳"的胸襟气象。诗情画意，尽在不言中。

玉人可以选择陶渊明"结庐在人境"的半隐居生活，但只有玉雕，才能令他们全然寄情于耕读修心的理想世界。

玉人所雕琢的是真实的耕读：

> 整块玉石的下半部琢出波纹以为水田，穿着蓑衣的农夫手握一竹枝，正赶水牛耕田；上部雕一低矮山丘于一小溪木桥两侧，林木茂盛，远山淡影。

耕种的图景是要告诉赏玉人，要领略和欣赏这经过洗练净化的理想境界，就如隔着一层薄纱观看虚无缥缈的景物一样，有一种可望而不可即的虚浮感。

然而，耕种图蕴含着耕读人辛劳勤奋、自足乐天的意义，也表明

朴质无华水长流

玉人若遇厄运、困惑时，会走上韬光养晦的退隐之路。

耕读修心是一种生活方式，它的文化渊源来自儒家"退则独善其身"和道家"复归返自然"的人格结构，代表着道德价值，意味着高尚、超脱，是仁人志士陶冶性情的寄托。

玉雕艺术着眼自然美，又与艺术美巧妙地结合起来，反映出耕读文化中浓厚的生态环境意识和人道思想。

设计构思的玉雕题材是：

> 江南水乡，简朴天然的一河两岸的古村落，小石桥上一群背着书包的学童快乐地走向对岸的学校。

玉雕作品中所表现的礼乐教化，象征着耕读生活，雕琢出了仁人特有的恬静淡雅的趣味、浪漫飘逸的风度和朴质无华的气质与情操。

耕读文化，寄情山水，修身养性。

少年强则国强

独山玉

玉神工艺　张克钊

落花如雨

中国人生命智慧的显现，是一支曲，演奏着美妙的乐章；是一首诗，情趣得以开发；是一幅画，把人间衬托得五彩绚丽。

缤纷温情的玉雕艺术，植入了中华文化的内涵，渗进了玉人的情深意长，打动着芸芸众生。或许，一件精美的玉雕，能让人心驰神往，为之震撼，产生共鸣；或许，一个玉文化的故事，可以让你产生联想，积累知识，回味无穷。

其实，玉雕艺术琢磨出来的氛围虽是静谧优雅、美好缥缈的，但却韵味含蓄，言有尽而意无穷。在玉雕作品中，有的轻快明丽，有的音韵高亢，有的哀恸凄冽，有的飘逸动人，哲理深刻。

例一：古松掩映下，古塔矗立。

例二：空旷翠碧的原野，远山之巅古塔隐现。

淡定从容追流年

例三：一荷塘，一老树，一村落，远处山峦起伏。

人类的永恒追求，是一个人人都向往的理想彼岸。玉雕人所创设的是想用艺术给生命一场耐心的等待，在尝尽种种甘苦的过程中，咀嚼生活的不平凡。

或精彩，或痛苦，社会每天都在上演不同的人生剧。玉人除了执着地投入玉雕艺术之中，似乎没有更好的选择。不论你是在平凡的生活中，为玉雕艺术壮志未酬而寡欢，还是看破红尘，痴迷玉雕美学的修为而寻求精神寄托，都如古塔的神秘、山间的清幽，平淡

清泉石上流

而不平静，曲终意留，似在意料之外又在情理之中。玉人是常人，仿佛玉雕创作与人间世事皆理于此。

世界原本是洁净、永恒、没有尘垢污染的。玉人都曾身在光芒中，心在红尘下，用玉雕艺术去慰藉人生理想的结局。这就如同一个识玉高手慧眼一望、一个雕玉艺人的独特创意，他们不以追求功名为乐，而以保持善良为荣。

简洁，是玉雕艺术的大美。

设计一：山峦上一峻拔古塔，大部画面留白。

设计二：清泉石上流，茅草树中掩。

这玉雕作品的构思，虽若即若离，虚无缥缈，可简练明快，情真意诚。

只是，玉人的心境时而如烟雨潇潇，似梦境般迷蒙，时而如清风徐徐，明丽宁静。这其中，人性的率真天成，如阵阵花香沁人心脾。玉雕作品的呈现，明朗疏落，情韵与精神完美结合，深邃蕴涵，让人回味无穷。

一湾泓泉，水汽蒙蒙；白云蓝天，鸟儿划过；登高望远，大地苍茫。这里没有城市的喧嚣，只有淳朴自然的风光；这里没有跌宕起伏的情感，只有玉人发自肺腑的真情流露。

举目而望，风尘往事，都如过眼云烟。玉人为何不在追逐名利以陪衬人生风景的同时，独上高楼，唯天下只有自己高大？此时的玉雕构思，最宜体现"心旷神怡，情自天外流，景自心中存"的意境。

落花如雨情自流

构思一：晓风轻拂，松柏苍翠，古塔矗立其中，生机勃勃。

构思二：白雪纷飞，唯古塔立于茫茫天地间，成为一道惹人注目的风景。

玉人观赏一切玉料，欣赏这玉石之外的风景，或许是勤奋耕读之后的悟道，或许是登高望远之后的潇洒。

但凡简单的生活，总是美妙的。这美妙中寄托着玉人的情感，平淡恬静，质朴自然，萧散简远，如行云流水般悠然舒缓，又如雨后的落花般纷飞飘逸，这是唯美玉雕艺术充实丰富的从容淡定。

悟道
白玉
文同轩 范同生

桃花依旧

世人心中大多有一个理想的世界，那里没有尘世的喧嚣，只有美如仙境的小山村。正如陶渊明在《桃花源记》中描述的那样："忽逢桃花林，夹岸数百步，中无杂树，芳草鲜美，落英缤纷。"

生活中，这和谐宁静，青山相依，流水潺潺，古朴天然的桃花源，只可遇而不可求。

玉人也想在心目中构筑自己的"桃花源"。

创景一：传统民居井然有序，粉墙黛瓦，深厚斑驳，掩映在绿树丛中，远处山峦威严矗立。

历经风雨，小小村落依然保持着那美丽的风貌，仿佛千年历史就在眼前，它是历史遗落的真实画卷，是大自然对世间的偏宠与恩赐。

玉雕作品中的桃花源，略显几分寂寥幽淡，似乎淹没在苍茫的岁月中，很少被人发现，但其沧桑巨变依然掩饰不住昔日桃花源的盛景。

创景二：江南水乡的小村庄，古树参天，虫鸣鸟语，溪水奔流，小舟漂过，风声瑟瑟，绿荫长影。

幢幢墙瓦，抒写着浓郁文化的意蕴；拱起的石桥，见证了智慧先民行走的足迹；穿行其中，尽情地领略古雅平和而又欣欣向荣的生机。

玉雕作品中的桃花源，冷清幽静，但绝不冷傲孤寂，多彩的画面雕琢出对历史的真实感悟。

创景三：小山村的几栋低矮的土墙瓦房，错落有致地坐落在高低起伏的山坡上，绿树掩映，小溪欢唱，鸡鹅觅闲。远处山脚下，一头牛、一把犁、一农夫。

这里荒凉寂静，没有行色匆匆的人群，没有灯红酒绿的喧闹，人们的生活单调却充满热情。

玉雕作品中的桃花源，简朴的民居，恬静的生活，淳朴的民风，仿佛如仙境一般，萦绕出质朴雅静的美妙感觉。

玉人心中的桃花源，是一幅幅优美动人的生活画面，是一个个令人心旌荡漾的故事，带有自然而不失人情味的艺术风格。

玉人心中的桃花源，是"人面不知何处去，桃花依旧笑春风"，带有宁静舒展的迷人魅力，给人一种亲切感，是设计和构思所呈现的自然生活，彰显出人们所追求的审美情趣。

苔痕上阶绿，

草色入帘青。

谈笑有鸿儒，

芳草依旧向天歌

往来无白丁。

刘禹锡《陋室铭》(节选)

校园里，书声琅琅，青春激情尽情挥洒，这是一片心灵的净土，这是主人心中的另一个桃花源。

创构一：庭院深深，古柏苍翠，典雅庄重的书院空寂无人。院前小河荡漾，院后峦石起伏。

优美的自然风景，丰富的人文景观，古朴婉丽，流露出浓郁的文化气息，透露出古代文人的高雅纯洁，表露出玉人向往的桃花源胜地：古老而新鲜的学院文化。

在国泰民安的今天，勤耕苦读仍是中华民族的优良传统，玉雕

春花秋雨水常流

作品表达的是熠熠生辉的文化瑰宝，是惠及后人的源流理念。

　　创构二：山石旁，茅屋一亭；古松掩映中，石屋一间；芭蕉树旁，一高士坐于石条上，手握书卷，一旁的书童正烧水沏茶。

　　阔大的芭蕉叶，寓意着高士清俊高洁的形象；静谧的环境中，文人能够沉静地面对山石聆听自己的心声。文人的痴心、山居的悠然，就是玉人心中的桃花源。

　　清幽宁静的山居地，是文人雅士向往的高雅之境。在这里，玉人可以尽情享受芳香的心田滋润，真切领略空透清灵的心。

　　玉人所雕琢的桃花源，容纳着永恒不息的生命。明代乌斯道的《阐峰》诗曰：

春山花发雨霏霏，

花雨曾沾阇相衣。

今日山花依旧好，

春风吹雨湿僧扉。

春雨、春花、春风，年年依旧，昔日的僧，却早已故去。

人生若以春花秋雨的时间感为本，即打破人的主位意识，进而就进入了无限的时空，就会像自然一样去对待一切，于是玉人就进入了自己的桃花源。

陶渊明也正是在这样静谧的山水田园世界里，方才找到他心目中的桃花源。

我们读陶公的《归园田居》，知晓他在无限安谧宁静的空间里，有无限悠长舒缓的时间，久在樊笼中的身心，得到了最大的放松，皈依自然，便获取了生命的自由。

苏东坡也洞破陶公说："靖节以无事为得此生。"以今日一日无事，便得今日之生。故为物所役者，即终日碌碌，岂非失此生也？东坡的时间感之永恒，得生命存在的悠然，得生命真性的快足，将人生化为自由之人生。

由此，玉雕艺术创构即出主题：独立茫茫之圣贤境界。

创构一：高山之巅，一逸士独立眺望，衣带飘逸，神情自若，眼前空茫无边。

玉雕作品的审美视觉，已深入生命的价值底蕴。时间与生命，澄然明澈，玉人精神，化作桃花源。

春风又绿江南岸

白玉

长风玉舍　赵显志

心灵归处

玉之美，温润以泽，玉雕艺术的本源是展示柔秀敦厚的玉美学。

玉人的生命意义是回归精神的家园。

执着人生，抛开一时的得与失，持之以恒地向着目标前行。

宇宙内事要力担当，又要善摆脱。

不担当，则无经世之事业；

不摆脱，则无出世之襟期。

洪应明《菜根谭·应酬》（节选）

有人说在旧石器乃至新石器时代，石与玉就是我们祖先赖以生活的物质资源。现代人在物质生活极为丰富以后，又向往故土，想要回归自然，回归家园，向往新的石器时代。

有人说陶渊明的"桃花源"田园牧歌般的生活是

自己的理想家园。玉人们相信，淳朴、静谧、清幽的山林村落依稀存在，可头顶烈日、田里耕种的生活，有几人能坚持下去，又有几个人能放下城市中的灯红酒绿？但如果你不雕玉，他不种田，社会将如何向前发展？

纵是回归自然，寻找桃花源，亦不能真正拭去玉人身上的尘埃。只有听从内心深处发出的呼唤，让自然、真实、鲜活的生命呈现出来，才能找到我们心灵的家园。

人天生就是艺术家，面对造物主塑造的大自然，你会为世界这惊心动魄的美而感慨，为宇宙这广袤无限的美而敬畏。

苍茫天地，润泽出美玉。玉人在辛勤劳作中感到欢愉与神圣，因为，他们的心中住进了美玉，安放了自己的灵魂。充满诗意的栖居，带来了无穷的憧憬和希望，心灵得以永恒的安顿。

这是玉雕艺术的精神，这是没有被世俗污染、纯真无邪的赤子之心，是先哲老子"复归于婴儿"的纯真之心。

玉文化辉煌的成就，得益于我们的先祖保持了一颗赤子之心，以审美的态度对待人生，把人生当作艺术创造，从而激发出了人性中最富灵性的创造因子，在高扬轻蹈的舞步中，保持着玉文化的神圣，追求着玉雕艺术的完美。

这种完美，历经艰辛、坚韧不拔、顽强地追逐着高尚而神圣的真理，最后攀上了玉雕艺术的高峰。

这种完美表现在玉雕作品里，是少年的构思并与生命切磋，是青年的构思并琢磨生命的力量。玉雕的形式承载了纯净的思想，形

山花向着内心开

成了独立、鲜活的艺术，并以极度纯朴的方式、以睿智冷静的天性，诉诸人们的理智和心灵，创造出永世难忘、永久相传、永富教益的玉雕艺术品。

这种完美使中国玉文化贯穿了一种独特的艺术精神——美的精神。

纵观玉文化的芳华，是先贤们的艺术思维或者说是诗意的生活使他们发现了世间的美妙，于是融合了天人合一的观念，从而使玉雕艺术的创作至善至美。

这种高度把握生命和深度体验生命的精神境界，具体贯注到玉雕艺术里，则构成了玉雕艺术的精神，即温润的美玉和秀丽的玉雕，构成了宇宙间飘荡着的完美旋律。

关于玉雕艺术精神，我们试举二三例，欣赏一下人与自然和谐的艺术境界。

境界一：眼前宽阔的青山碧水，逸士飘逸的身影若隐若

现，最后隐没在苍翠的云影天光里。

境界二：顾恺之对会稽山的描述，"千岩竞秀，万壑争流，草木蒙笼其上，若云兴霞蔚"。

身临其境，将万千山水尽收眼底，至情至爱，至纯至真，才有这神奇的审美境界。

境界三：陶渊明的田园风景画，"暧暧远人村，依依墟里烟。狗吠深巷中，鸡鸣桑树颠。户庭无尘杂，虚室有余闲。久在樊笼里，复得返自然"。

陶公以艺术家的眼光，感受到了顺应自然的精神美妙动人，充盈着生命的自然闲适之美。

在玉人的眼里，玉雕是由玉的温润和艺术的柔美构成的一个纷繁复杂的体系。它涉及地质、艺术、哲学、宗教等学科。比如，玉在地质学家眼里是自然矿物有规律集合而形成的美石，在玉雕艺术家的

眼里是活泼的生命旋律，在宗教的殿堂里是圣洁的象征。

在玉人的眼里，没有了真实的自然，远离了纯净的江湖，玉雕就失去了根系，艺术就丢掉了生命，灵魂就找不到回家的路。

在玉人的眼里，千玉沦为一石，千人蜕为一玉，机雕代替了手工，速工使细活丢失，玉雕工艺品高价交换的是其至高无上的价值。交换价值代替了审美判断，使玉人渐渐地失去了对玉雕艺术的审美判断能力。

在玉雕艺术的征途中需要竞争，玉人在适度竞争的环境下，将变得富有新鲜感和生命活力，而失去理性的玉雕工艺品的恶性竞争，则将很多玉人引入歧途。

玉人的心灵归处，无疑是人性的复归。玉人脚踏实地，将思想与情感的光芒投向无垠的宇宙，演绎着玉人丰富而神奇的艺术创造，艺术的高峰尽在无限的风光里。

玉人的心灵归处，美是最高的价值追求。玉人表里如一的品质、光辉善良的人格、奋发向上的力量是其将美作为最高价值进行追求的基础。

玉人的心灵归处，是发现人性的本真。玉人通过审美的艺术生活，不断超越现实，找回失落的性灵，充实、自由、愉悦的玉雕人生，就会诗意地栖居在艺术的天地里。

我们至少可以轻声问玉人一句：玉雕艺术、玉雕人生，生命何处投？灵魂何处归？

贰

自比高洁满腹才

温雅清风，江湖野逸
玉人在艺术旅途中
湖水静，日高升，生命长笛一路吹
吟月光，静卧枕，生涯没有赶路人

佛家曰：一切水映一月，一月映一切水。

玉人心止如水，方能映得那天上的月。

玉雕艺术的美，以清澄幽邃为妙境，

犹如玉人满腹才华，

此乃玉文化精神生命的心源之美。

玉雕艺术中的清莹透明之境，

以特有的出污不染、

兰幽人清而优美地呈现着，

传承着人生如玉的价值源泉。

云林洗桐

在古代文人中，流传着一则隐喻精神世界独立、高贵的故事，讲的是"元四家"之一倪瓒洗桐的事。

明代王锜在《寓圃杂记·云林遗事》中记述，有一次，客人来倪瓒家留宿，倪瓒半夜听到客人咳嗽，心里很是烦忧，一大早就叫仆人仔细查看庭院的每个角落，想找到那客人的残痰予以清除。仆人到处寻找都未发现，倪瓒只好自己去找，终于在一棵梧桐树根处看到了，于是叫仆人把梧桐树反复冲洗干净。

我们知道，倪瓒性狷介，淡名利，以孤高自许。他建有自己的园林——清闷阁，以藏古书画，并在院里广种梧桐树，自称"云林"，由此以"云林洗桐"而闻名。

有人将"云林洗桐"归为倪瓒的洁癖所致，但在文人艺术界里，人们则将"云林洗桐"视为文人雅士

洁身自好的象征。

《诗经·大雅》曰："凤凰鸣矣，于彼高冈。梧桐生矣，于彼朝阳。"高贵的凤凰栖于梧桐而使其成为圣雅的象征，正如中国的一句俗语："家有梧桐落凤凰。"

《庄子·秋水篇》中也有一则类似的寓言故事——"惠子相梁"，讲的是有一种鸾凤叫鹓雏鸟，只饮甘美如酒的清泉，只栖佳木青桐，只食青竹结的果子。若无东西可吃，即使饿死也不吃腐臭的老鼠。显然，这高洁清白的鹓雏就是庄子的自喻，梧桐这一审美意象就成为文人洁身自好的象征。

由是，我们玉人应该明了，梧桐就是洁身自好的代表，青桐佳

梧桐引凤来

木就是清气、澄澈的代名词，"云林洗桐"与心境澄明、超凡脱俗的君子真性人格同构。

玉雕艺术中表现"云林洗桐"，则是铁笔生花，栩栩如生：

碧桐高耸，桐叶淡于背景，与温润之玉相得益彰；倪瓒落落脱俗地端坐在椅子上，神态洒脱地看着洗桐不止的童仆。

玉雕作品尽显庭院之清幽，表达出艺术家们的高雅情趣和闲适清逸的精神追求。

玉雕大师们在创作如"云林洗桐"的作品中，主要应把握好要构图疏朗，境界高远，具体表现在对云林纯洁高逸形象的刻画上。比如，云林的形似可用干净、爽快的阴刻兼坡刀的方式，长线条磋

自比高洁满腹才

磨人物，连衣纹也寥寥几条飘逸如丝。面部神情更要平和安详、泰然自若，这才是云林清风洁韵之写照。静观整件玉雕作品，玉质温润色清，云林形闲神清，气韵高逸风清。

玉雕人还可依据如下诗句的意境，去创构自己心目中的"云林"。

自惭不是梧桐树，

安得朝阳鸣凤来。

陆游《又送李舍人赴阙》（节选）

香稻啄余鹦鹉粒，

碧梧栖老凤凰枝。

杜甫《秋兴》（节选）

十里桐阴覆紫苔，

先生闲试醉眠来。

此生已谢功名念，

清梦应无到古槐。

唐寅《桐阴清梦图》题诗

梧桐半死清霜后，

头白鸳鸯失伴飞。

贺铸《鹧鸪天》（节选）

老尽秋容何足惜，

凤巢吹堕月明中。

　　　　丁鹤年《梧桐》（节选）

叶重碧云片，

花簇紫霞英。

……

暗香随风轻。

……

无人解赏爱，

……

　　　　白居易《答〈桐花〉》（节选）

高梧疏竹溪南宅，

五月溪声入坐寒。

想得此时窗户暖，

果园扑栗紫团团。

　　　　倪瓒《"梧竹秀石图"题诗》

观圣洁之梧桐，境怡神爽；思洗桐之心志，宠辱皆忘。

驴背吟诗图

墨玉

悠然居　庞然

渔父精神

中国文人画，包括玉雕艺术在内，以"渔父"为主题的数不胜数。自足惬意、洒脱不羁的人生态度和随缘任运、清雅淡泊的"渔父精神"，都写入玉雕山水风月，融入赏玩自娱的闲适生活之中。

"谅天道之微昧，追渔父以同嬉。超埃尘以遐逝，与世事乎长辞。"（张衡《归田赋》）张衡因探索天道与地神而微昧，在洛阳府做起了超然志远的风神梦。可张衡仍然拨动了天道，创制了"浑天仪"；沟通了地神，发明了"地动仪"。只是百姓的疾苦他无法解除，因而心中也荡起了这"渔父"的小舟。

张衡并非逃遁，因为他的胸怀宽广，心中装着劳苦大众，他要与宇宙对话。所以他立志要与统治者抗衡，要"呼风唤雨"。他将白云怡意、清泉洗心留在胸中，手中的锯锤照样切割着"地魔"，炉里的青

取之天尽头

铜依旧翻滚着"天象"，笔下的《南都赋》欢快地吟诵着南阳景色的悠扬。

是的，窗外尘埃飘落，门衙里的邪恶还在上演，可张衡心如止水，一股清意味，料得少人知。似乎，庐舍前的禅味，能生出一种闲适淡远的意境，但手中观天察地的创世发明却留给了子孙。

读张衡的《南都赋》，可知他境与心得，理与心会，清空无执，淡寂幽远，眼前上下唯有月，四时更替只有道，宇宙本体与人的心性自然融贯。

　　耳得之而为声，
　　目遇之而成色，
　　取之无禁，

波平慰性灵

用之不竭，

是造物者之无尽藏也。

苏轼《前赤壁赋》（节选）

这情趣、这禅趣，似乎是苏轼远隔时空看透了张衡的内心，高情逸思，清风明月。张衡若有知，也该宽慰了。

今天的我们，或琢玉，或赏玉，"渔父"题材所表现的或是一汪浅水，巧设了溪口、码头、芦苇丛，想表达的是来去无迹；或是溪旁亭榭廊轩，画面虽小，但显得旷远无尽，表达的是漫漶之感。可玉人内心所修持的是人之真性，臻于虚静空明的境界，荡去浮尘，进入超功利的宇宙境界。

"渔父精神"在玉人看来：不苟合、不卑微，以理明情，游于

自比高洁满腹才

艺，求于艺，天地与我并生，万物与我为一。玉雕作品就是表现"渔父精神"的载体。

"渔父精神"的再现：

> 一叶扁舟，浊浪排空，暮色苍茫，高山远水中渔夫神情泰然自若。

独舟横江河，长风破浪时，没有对风波的回避，唯有超然的性灵。

"渔父精神"的琢磨风格：

> 墨竹横斜皆有，浓淡粗细，疏密有致。竹子的萧瑟灵性、远近枯荣，展现无遗。

刚劲的竹竿、舒展的枝叶，追求砂砣铁笔下的意境，浅淡、孤高、随性，风格独特。

"渔父"形象一直以来为玉人钟情，他代表着高尚的精神世界，反映的是对自由的向往和释放心灵的愿望。

艺术源于生活，而又高于生活，"渔父精神"和"渔父"形象是支撑玉人走向生命真实的强大支柱，他们将以幸福和快乐的方式雕琢出万丈豪情。

芦花浅水轻舟还

独山玉

玉神工艺　司岩松

清净不染

儒、释、道三种文化中的共赏之物，一定是出淤泥而不染的荷莲。

在佛教传说中，摩耶夫人是在莲花座上生下了释迦牟尼。佛祖降生时，池中生出了千叶荷花。由是《大智度论》卷八中这样论及："又以莲华软净，欲现神力，能坐其上，令花不坏故；又以庄严妙法座故；又以诸华皆小，无如此华香净大者。"令莲花成为"佛花"，并为佛土神圣之物，是智慧与清净的象征。

《广群芳谱·荷花》曰："花生池泽中最秀。凡物先华而后实，独此华实齐生，百节疏通，万窍玲珑，亭亭物表，出淤泥而不染，花中之君子也。"荷莲娇艳欲滴，出淤泥不染，蓬中生籽的结实象征着慈悲智慧。

亦僧亦道的朱耷选择的居住环境也是"竹外茅斋橡下亭，半池荷叶半池菱"。人们也常借荷花比喻人

清净无碍境自露

性至善、清净和不染，把荷花的特质和君子的品格浑然熔铸，以脱俗的神采传达出性情的飘逸，以文人的心境自然地去流露、去反映精神生活的深刻哲理：人不可受污染，只有超凡脱俗，才能走向清净无碍的境界。

面对和谐的社会、求真务实的氛围、尚法诚信的环境，玉人应该像荷莲一样去塑造洁身自好、为人正直的好名声以及庄重、独立的人格，如此才会如莲蓬开出云水芙蓉，创作出清涟卓越、慎独不傲、芬馥纯洁的玉雕艺术精品。

玉人们构筑这样的图案：

　　一叶莲灯如小舟漂浮在莲花池中。甜蜜、芳香、神圣！

　　神情慈爱的观世音菩萨手持一朵红莲。简洁、纯情、阴柔与阳刚融为一体！

　　静谧的水面升起一朵初放的莲花，不蔓不枝，亭亭净植。濯清涟而不妖，可远观而不可亵玩！

我们还可以用咏莲的诗词去进行玉雕艺术创作，谓之诗配玉雕：

　　荷叶罗裙一色裁，

　　芙蓉向脸两边开。

　　乱入池中看不见，

　　闻歌始觉有人来。

王昌龄《采莲曲》

荷花池中的采莲少女美如芙蓉，芳香纯洁的身影与如诗如画的荷塘融为一体。在耐人寻味的意境中，玉雕作品呈现出浑然天成之美。

　　置莲怀袖中，

　　莲心彻底红。

　　忆郎郎不至，

　　仰首望飞鸿。

南朝乐府民歌《西洲曲》（节选）

江南之乡的采莲女子，深深思念远方的丈夫，情思缠绵。明丽悠远、香远益清的玉雕作品表现的是纯洁的爱意。

　　制芰荷以为衣兮，

木槿浓情若清芳

集芙蓉以为裳。

不吾知其亦已兮，

苟余情其信芳。

屈原《离骚》(节选)

剪几片荷叶做衣装，缝纫白莲当衣裳。君王怎知臣之意，忠心浓情若清芳。这慎独不傲的玉雕作品，表达的是君子如莲的品格。

我很早就读过周敦颐的《题莲》诗，爱不释手。

佛爱我亦爱，

清香蝶不偷。

一般清意味，

不上美人头。

是呀，蝴蝶采不走莲花的清香，美丽的女子也不忍心将清清淡淡的莲花戴在头上。灵性的莲花，君子的象征，让人怜爱，让人敬畏！

面对冰清玉洁的莲荷，手握剔透润洁的玉石，即使在千年后的今天，作为传承玉雕艺术的后来者，玉人也依然应当身怀洁莲，如范仲淹那样"先天下之忧而忧，后天下之乐而乐"，像陶渊明一般"不为五斗米折腰"。

莲的洁白，荷的情操，希望这传统美德不因物质丰富而逐渐消失，不因信仰缺失而越走越远……

玉人们，襟怀莲花，清净不染！

印象·荷

碧玉

长风玉舍　赵显志

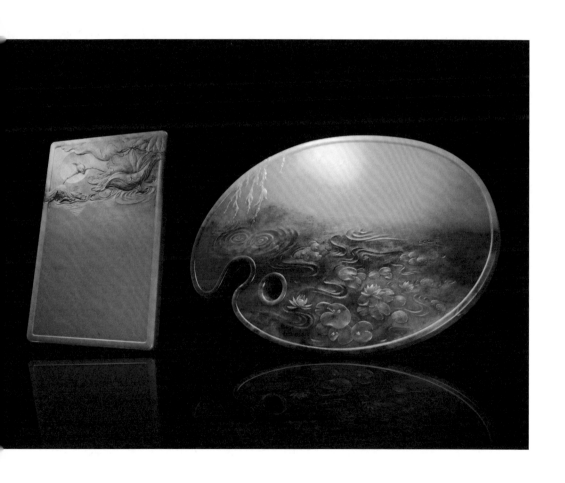

雪里芭蕉

去过北京故宫博物院的玉雕人，恐怕都留意过徐渭的《梅花蕉叶图》：蕉叶一片，雪梅一枝，浮雪尽现旷野中。

构图、色彩、留白，徐渭那颗自由之心，遨游无疆，尽现自由之天地。

进而观之右上方的题跋："芭蕉伴梅花，此是王维画。"

在雪压蕉叶中，徐渭看见了盛开的梅花。

生活在自然中无限延伸，并自由扩展，而心灵的自由就是超脱自然的羁绊，才会获得无限的自由。玉人们胸怀自由，玉雕艺术就会在大自由中产生最高的美。

由此，我们得知，徐渭的内心有着对王维的崇敬。因为王维是最早墨绘《雪中芭蕉》的，青翠的蕉叶在冰雪中张扬，打破了时空的藩篱，尽现艺术家真实内在的精神。

这是一幅禅意盎然的具象图景。白雪茫茫，四野无边，仿佛一切生命都寂静了。可那一株凌寒未凋的翠蕉，独立雪野，郁郁苍苍。我们观画，心中顿悟：皑皑白雪不能阻挡自由无碍的精神。大雪封山，万籁俱寂，那是一种超越尘世喧嚣的洒脱情怀。

所以，《冷斋夜话》论道："诗者，妙观逸想之所寓也，岂可限以绳墨哉？如王维作画雪中芭蕉，自法眼观之，知其神情寄寓于物，俗论则讥以为不知寒暑。"

所以，王维是将内心思想外化于物，这一美学的真实之处就在于崇尚天真、素朴和崇高。

所以，玉雕人若有游心，若顿悟禅意，兴会俱到，必欣然转起砂砣。刻刀下，数片苍青芭蕉叶的雕琢，就体现了皓白寂静中超逸、凌寒不凋的气节，超越了

徐渭《梅花蕉叶图》

自比高洁满腹才

59

生命本身。我们凝望这玉雕作品，纷扰的心灵仿佛平静了许多，仿佛获得了无我的智慧，生命真实又回到了你我中间。

　　玉雕人，若有雪蕉意象，淡泊世外，精神世界就将呈现出清净自性的主观，对玉雕作品的艺术处理或许更为别样：

　　　　淡墨勾勒，浅浮雕的芭蕉叶构成了整幅玉雕三分之二的画面；一抹远山，坡刀磨出了形简、凝重的视觉效果；近景的小木屋，阴刻线黑白分明地以浓托淡刻出外影。

　　玉雕作品呈现的蕉翠幽境，洋溢着亲和自然的温暖之情，率性地展现着玉雕人独抒性灵、不拘一格的真实之情。

玉雕人若心境平和，又有文人的诗情雅兴，可借芭蕉雕琢情怀：

> 无垠碧空，浅浅地留在了玉材的左上，中间是湖天相映的波光，右下勾勒出几株芭蕉，曲径通向蕉林深处。

简略、淡色，流畅自然，引人入胜。在充满诗意的芭蕉意象玉雕作品里，玉雕人表达的是自己效仿陶公不知归去的寓意，透露出玉人思乡怀人的情感世界。

其实，大多数玉雕人终日忙碌，几乎忘了自己的真情、真性。可他们对雕玉的追求，对玉雕美学的向往，又给我们一种期盼：田园放羊，河里捉虾，路边采花，那些"无事闲观"的心境，就是当下玉雕人永不逝去的情怀。"雪中芭蕉""芭蕉幽居"等玉雕作品，表现的是钱钟书先生极力推崇的李贺的"笔补造化天无功"（《高轩过》）的象征艺术，表达的是"山中高士晶莹雪"的清凉境界，诠释的是人性的真情真理。

沈周《题蕉》诗，更是寄寓了人生的诸多感慨：

> 惯见闲庭碧玉丛，
>
> 春风吹过即秋风。
>
> 老夫都把荣枯事，
>
> 却寄萧萧数叶中。

读之，诗中有画，画中有诗，蕉叶翩翩，禅意妙观，神情风雅。

祝福玉雕人，琢雪里芭蕉，心中安然宁静！

自比高洁满腹才

观音净瓶

白玉

春风德玉　张春风

居高饮清

玉文化是构筑中华文化的基石之一。玉的质地、设计理念、构图内容等，是玉雕美学独特的创作要素。玉雕艺术也逐渐成为民族文化心理、审美习惯、美学观照和生活理想的表达与向往。

用于佩戴、装饰和带有精神追求的玉雕，与人文思想和自然文化融合后，呈现给赏玉人的是自然、淡泊、恬静和含蓄……玉雕艺术不论是用有限的玉材去表现无限的天地，还是用中和、深沉的美学风格去表现万千世界，要么曲径通幽、中轴对称，要么四时之相、天光云影，都琢于玉石之上。从有限个体要素到无限群体组合之美，构成了玉雕美学的"东方神奇艺术"之内核。

雕琢东方艺术的玉人，力取贤德高洁，力争君子之高行，以玉温润之品行，自比高洁，自性为真，初心向善。

垂緌饮清露，流响出疏桐。

居高声自远，非是藉秋风。

虞世南《蝉》

蝉的触角垂下来如帽缨一般，蝉吸吮着清澈甘甜的露珠，声音如流水从梧桐树间飘来。蝉声悠长是因为蝉居于高树，并不是依赖秋风的传送。

君子之交往譬如蝉，品格高清者，不用借助外力，自能声名远播，这是源自生命真实。

据说蝉有五德：饥吸晨风，廉也；渴饮朝露，清也；应时长鸣，信也；不为雀啄，智也；垂首玄缕，礼也。

人的廉洁品行就如同蝉之贤德高洁。沈德潜在《唐诗别裁》中自喻："咏蝉者每咏其声，此独尊其品格。"这确是一语破的之论。

我们欣赏朱熹的《南安道中》，想象蝉声缭绕的场景，细细品味"居高饮清"的内涵：

晓涧淙流急，秋山寒气深。

高蝉多远韵，茂树有余阴。

烟火居民少，荒蹊草露侵。

悠悠秋稼晚，寥落岁寒心。

蝉声在溪涧秋风中阵阵回荡，声以动容，德以如君，洁身自好，生命唯真。

居高饮清，生命唯真，实为玉人生活艺术中的一种品位，一种生命情调。

茂树有余阴

能欣赏居高饮清的玉人，必有顽强的生命活力，必有不驯的人格力量。李贺的《苏小小墓》诗正是如此：

幽兰露，如啼眼。

无物结同心，烟花不堪剪。

草如茵，松如盖。

风为裳，水为珮。

油壁车，夕相待。

冰翠烛，劳光彩。

西陵下，风吹雨。

荒寒、孤寂意境的营造，所表现的正是自然生命的兀傲不驯，所表达的正是生命中自强不息的人格力量。

创意之境：凄冷的月夜，一帧树影，一盏荧光，呈黑色显现。

黑色的夜，惊心动魄；生命抽象的节奏，静悄悄流淌于天宇间。玉雕艺术在惨月冷光中游走，玉人心灵却呈现自强自足的唯美。

居高饮清，乃是凛然的生命强力，兀然不屈的心灵境界，这正是玉人的生命意志，挺立于玉雕艺术而孤芳自赏的精神境界。

因而，玉人的精神性格可如九皋独唳，如深谷幽兰，冲寂自妍，不求赏识，只愿最真实地表达玉雕艺术的知音知赏、自爱自足。以最充沛的生命活力，透视出居高饮清的生命旋律、生命意志、生命智慧。

空
水晶
传习玉坊 王东光

香远益清

都说玉雕人喜爱香，如夏荷冬梅，若山幽兰放，又或是那一炉袅袅香雾，尽是在展现内心香远益清之境界。

夏日荷花满池，荷风迎面吹来，翠盖凌波，清香随风而至，一眼望去，满心生欢；老枝新苞的冬梅，枯木红苞，琳琅青荧，行走在路边闻梅香，徜徉在荒郊，得意在心间。玉人真心痴迷的乃是那山涧独放的兰蕙之香，鼻尖飘来淡淡香味，静观万物，独得这恬谧闲适，心中忽升思念之情；玉人如饮茶，茶人似打禅，佛人焚香小坐，香烟轻拂，静寂安逸，正是世人欲得其所哉！

夏荷清香随风来，枯槁冬梅观妙香。玉人的琢磨，清空骚雅，闲云野鹤，四季佳日，处处清香。留待长风君自来，握玉担月好君子。

生命活力向天歌

细想，玉雕人酷爱清香，是要留下风月伴烟萝，更是想抒发胸中润气，寻香的神韵，觅心的言语。

有一件玉雕作品的构图：

> 几块崖石，一溪清泉石上流；苔米片片，兰叶线条流畅婉转，随风在崖上轻扬，翩若惊鸿，似有淡淡幽香来。

兰为王者香，芬馥清风里。你能领悟"香发波光里，春风吹成荫"？你能感悟"自非静中客，幽居待君留"？

若是我们来赏这件玉雕作品，一定会觉得兰香如形，形超神越。似乎那画面，灵气飞动，色彩幽冷而明澈，风度雅静而渊深，真是妙香散怀，幽淡入心，暗香浮动，清澄灵性。

光风霁月黄精红

有时多感慨：人都会老，犹如冬兰，花香早已散过，兰叶在凄冷的寒风中更有韵味，也更可爱。青春都会有，但老而醇香，却更难得。

有时真的会想，荷花香，兰蕙幽，让湖水轻拂，听素荷留香；幽兰袭人，妙处生香。

有时更会想，茶不怎么香，甚至还有点苦涩，可茶的香却在自己的内心。

周敦颐最早在评莲花时说的"香远益清"，是说莲花的香气传播得越远就越清香。是呀，菊花、兰花、莲花都一样，香气传得越远越清幽。守身如莲，是为廉；兰之味，缥缈萦回，尽显高清之品性。做人，当如君子胸怀坦荡，光明磊落，为人正直，具有独立人格，洁身自好。

玉雕作品要表达香远益清的意境，宜用简练的构图。下文的诗句，描绘了半溪钿荷一池香的意韵：

两丛菰蒲，浓淡清雅，白莲盛开，亭亭玉立，随风摇曳，清香远溢。

李白《于五松山赠南陵常赞府》诗曰：

为草当作兰，

为木当作松。

兰秋香风远，

松寒不改容。

兰松的高风亮节、情操美德熠熠发光。诗人以兰松高洁傲岸的形象为依托，抒发了深沉含蓄的情感。

苏轼《题兰诗》曰：

本是王者香，托根在空谷。

先春发丛花，鲜枝如新沐。

与善人居，如入芝兰之室，

久而不闻其香，即与之化矣。

诗意中的兰在玉雕作品中的表达可得一股萧疏清逸之气：

山石亭，陡生一兰蕙，兰叶苍劲，兰色青翠，兰花幽放。

浓的兰叶，淡的兰花，刻线锋锐有力，润色细腻。

兰幽荷香，清逸雅致，趣味高雅，绝无尘俗气。玉雕人的静观悟对，以意象为之，信手拈来，妙趣自成。

香远益清，乃中华玉文化精神生命的心源之美。

玉雕艺术的香远益清之境，根植于中华文化精神的生命境界，是一种人格品位，一种价值源泉。

创意之境：纯净蓝天下，横梅老枝一簇，新苞齐放。

必清必静，真如实相，澄洁透明，了断欲念。玉雕作品是与天地精神融合为一的真切体验，是香远益清之美的生命源泉。

香远益清之美，无论是听琴观鹤、焚香煎茶，还是"雨过天青"的汝瓷之晶莹、清泉吐翠流之浸润，皆如苏轼《游惠山》云：

敲火发山泉，

烹茶避林樾。

林泉高致，深识此中滋味，深植生命欲求，外射人格精神，映现心灵境界。

创意之境：空旷山间一高士斜坐木椅，神情安然，天月明净，无一丝云翳。

不见纤尘的夜月天宇，原是人心的清莹境界。谓之，月之洁，人之清，天人一体同洁。

香远益清，玉人心中的一片圣地。

兰幽人清

春兰如美人，不采羞自献。

时闻风露香，蓬艾深不见。

丹青写真色，欲补离骚传。

对之如灵均，冠佩不敢燕。

苏轼《题杨次公·春兰》

春天的兰花就像美人，无须采摘，她那娇羞的神色自然呈现在世人面前。清风吹过，那沁人心脾的馨香扑面而来，再多的蓬蒿、艾草也遮挡不住。妙笔丹青写出的兰蕙真性，达到了可补《离骚》而无愧于屈原的地步。面对兰花与灵均（屈原的自称），有谁敢把它佩戴在身来亵渎它。

我查过史料，既没有苏东坡记叙自己画兰的文字，也没有他的兰画作品存世，然郑板桥却说："东坡画兰，常带荆棘，见君子能容小人也。"（郑燮《题丛兰

宋代，佚名，秋兰

棘刺图》）。显然苏东坡与兰花的唯一关系就是上面的这首《题杨次公·春兰》了。历代文人墨客，包括苏东坡在内，在有关兰蕙的艺术创作中倾尽才华，留下了无以计数的名篇佳作。可谓"兰花幽香清远，兰姿雅洁俊逸"。

在玉雕艺术里，玉人常将兰花作为题材，偶有咏兰诗句配入，其实就是视兰花为修身养性、陶冶情操的一种圣洁之物。

大画家郑思肖画兰独具心性表达：兰画中从不画土，兰也无根，仿佛飘在空中。我们知道，他是通过画兰来寄托故国之思。笔者的《玉润砣舞——中国玉雕艺术导论》中就有郑思肖的《墨兰图》，画作用笔简括，格调清逸。元代著名画家倪瓒的一首《题郑所南兰》

无名不碍咏清芬

诗云："秋风兰蕙化为茅，南国凄凉气已消。只有所南心不改，泪泉和墨写离骚。"此诗对所南（即郑思肖）讴歌有加。是呀，所南那拳拳爱国之心，可歌可泣！那天真烂漫的个性，可见一斑！

《尔雅翼》曰："大抵生深林之中，微风过之，其香蔼然达于外，故曰芝兰，生于深林，不以无人而不芳……以其生深林之下似慎独也，故称幽兰。"就是说，兰隐于幽岩曲涧，不与树丛争高，不与花卉争艳，不以国香自炫，窈然自芳，独得天地清真之气。

我们的玉人，深得此意，切春兰之香清新幽远，磋夏兰之香芬芳宜人，琢秋兰之香浓烈典雅，磨寒兰之香馥郁温馨。玉人们用心歌其雅姿，咏其清芬，琢刻高洁，磨砺风骨，尽见"惟幽兰之芳草，禀天地之纯精；抱青紫之奇色，挺龙虎之嘉名。不起林而独秀，必固本而丛生"（杨炯《幽兰赋》）的昂然潜幽之本真。

玉人们知道，雕琢兰花，看叶胜过看兰，也就是说，兰草的琢磨表现，主体是兰叶。四季更替，兰叶青绿之色始终不变，且多而有序，俯仰自如，潇洒脱俗。琢其"芝兰竞秀"，寓意品纯高尚，形容人才之盛；磨其"春兰与秋菊"，意指各善其美；雕琢"兰与礁石"，代表"君子之交"；刻其"梅兰竹菊"之四友图，象征"四君子"等。玉雕人玉言深衷，纯情意长。

玉人们琢兰草，不只是为表为人正直、高洁，更应是琢其心。只有"清香寒如秀，幽独野人心"，才会从心底升起如幽兰般孤芳自傲、清纯芳洁之天性，回归人性之本真。

赏玉人虔诚地取回玉雕兰花盆景，置于博古架中，朝夕与之相处，或许就是为了提醒自己做谦谦君子吧。

玉雕人心中的那丛兰花，或清高有节，或清风万古，或清雅馥郁：

兰株两丛，中抱一花，茎短花幽，叶姿舒展。

兰为一株一花，叶片细长瘦韧且淡雅，花蕊于丛中孤傲吐露。

玉人的兰文化情感，无论是经典之魅力，还是古人高古之心境，或多或少都有些人心不古，但常念的依然是古人已往，兰德永在。

由是，玉人还是每每缅怀苏轼的《兰竹苍涯图》，以此来表情达意。

兰文化的幽香，让玉人在审美过程中除却愉悦之外，还可以挽留清风气节。

清婉

独山玉

玉神工艺　刘晓波

叁

坐观天地诗意情

一溪波光一片花
一枝兰草说尘话
一如其心历不变
零落成泥笔入法

玉人们都有一份天生的善感，旋砣琢玉，又有了一份天性的执着，在玉人洞达坦然、明朗乐观的生命意识中，春花秋雨，月圆星稀，那是大自然生生不息的永恒进程，那是取之不竭、苍苍莽莽的一种生命元气。

玉人生命哲学的根本，就是在坐观天地中汲取盎然生机的美学底蕴，从而凝聚为对自身生命尊严的深切关照。

寒林穷处忽成峰，

仿佛如登泰麓东。

山葩野卉难争艳，

五株疑是秦时松。

乾隆《芝径云堤》

江天一览，烟雨楼阁，山穷水尽，柳暗花明。玉雕人，可取景圆明园、避暑山庄、西湖，直接模仿名山秀水，将自然作为审美和体道的对象。用晋代宗炳的话说，就是"山水以形媚道""山水质而有趣灵"（《画山水序》）。这山水玉雕作品是想表达静观悟道的心境，达至天人合一的审美情趣。

玉人都有一往情深地投入大自然怀抱的情结，时时都想表现高人坐卧涧边，耳听松涛，白云轻游，从内心里升出一股真情，忘怀于自然山水，用清泉洗心，

山水清音壮情怀

临春风、思飞扬之意境。

山水玉雕乃自然的艺术再现。我特别憧憬这般构思：

俯览眼前，曲桥、廊、亭榭与湖水相映照，墙外与岸边藓苔、绿树相环抱。

采撷大自然风景，享受山水清音。这样的玉雕，俨然一幅可望可居的山水妙品，承载着玉人的山水情。

赏山水玉雕，读一石一池的风流，咏高山流水遇知音的情怀，便是玉雕人寄情于自然山水，雕琢着模山范水的艺术创作滥觞；便是玉雕人撷取自然山水的形态和神韵，以承载山水的情怀。

生命律动时

　　玉人情感的抒发，臻于自然，归于真性，更是"山水之乐，不能忘于怀"（清·乾隆）的人格精神的体现。进而，"我见青山多妩媚，料青山见我应如是"（宋·辛弃疾）成为玉人内在精神世界的外化。这种将自然山水、林下野趣，用象征、比喻、联想等艺术手法，琢磨进玉雕作品中的美的形式，其文化来源于"仁者乐山"（孔子《论语·雍也》），"山林与！皋壤与！使我欣欣然而乐与"（庄子《知北游》）的物化。

　　象形字的山，在玉人眼里，或瑰奇，或奔放，或气象万千，情绪里幻化出无数抽象的意念，承载着人生无尽的寄托。

正如苏东坡的《澄迈驿通潮阁二首》曰："杳杳天低鹘没处，青山一发是中原。"广漠遥远的天空与苍莽的原野相接，高飞的鹘鸟消逝在天际，地平线上连绵起伏的青山犹如丝丝纤发，那里正是我的故乡。青山时隐时现，宛如发丝，青山之遥远，中原之遥远，牵动着诗人思乡的绵长情愫。

玉人构思气势宏伟的山水：

> 密林重山，曲径通幽，草屋人物，气格清润。

山水雕琢的格调淡雅而又浑厚，韵味与气度和谐统一。

玉人构思生机盎然的山水：

> 山峦连绵，云海茫茫，山巅青翠盎然，山脚江水清澈，近处的林木郁郁葱葱。

砂砣琢出的远山近水，透露出无限清幽雅韵，铁笔描绘出勃勃生机。

玉人构思空灵高洁的山水：

> 远处山峰若隐若现，苍茫的天空白云悠悠，静谧的河水波澜不惊，近处的林木婀娜饱满。

玉雕作品表现的宁静、律动之美，是玉雕人在超凡脱俗的山水世界中，寻觅自己的人生观，表达自己的精神追求。

山水寄情怀。玉雕作品的灵魂，一则在于砂砣的旋转，二则在于心源的灵秀。

玉人灵秀的心源一旦具备足够的积累，再去感受大自然内在的生命律动时，优秀的玉雕作品就随之产生了。

如苏东坡《惠崇春江晓景》就一语破的：

> 竹外桃花三两枝，
>
> 春江水暖鸭先知。
>
> 蒌蒿满地芦芽短，
>
> 正是河豚欲上时。

诗人将自己的感觉转换为动植物的感觉，即通过描写大自然的生命律动来体现和表达自己对春天的喜爱。

由此，玉人对玉雕艺术的审美意识，自由浮现在生机勃发的大自然中。

玉人忘情山水，不仅体现在心与大自然之间亲密而和谐的关系上，更表现为一种心态反省的自觉。

忘情山水，是玉人哲学思想的渊源，是对生命、对自然真心的审美体验，犹如一轮朗月，照澈玉人心，沐浴着玉雕艺术的灵魂。

吴门逸韵

墨玉

悠然居　庞然

山水清音

崇尚自然，热恋山水，清幽淡雅，风韵清高，是玉人们信奉的审美特征。

> 非必丝与竹，
>
> 山水有清音。
>
> 左思《招隐》（节选）

在现实社会里，玉人们不必为求功名利禄而劳累不堪。回归自然山水，寻找失落的自我，即可获得山水清音的超然情怀。

玉雕不仅打开了山水艺术的清境，而且雕琢了一条探访山水艺术的幽径。玉人的淳朴、清静，化作一道清明的慧光，穿透了山水艺术世界的表里，显示出玉雕艺术的尺度和纹理。

玉人们对山水清音的理解，深化到玉雕与自然、艺术与心灵的关系等具有普遍意义层面的思考上，试图将玉雕艺术所蕴含的永久人文之光，雕刻进每个人的精神世界里。

山水是精神的家园，玉雕是心灵的语言。玉人的心灵中充满了诗情画意般的自然山水，必会是春风吹暖，一片祥和。

清风吹拂，小鸟啁啾，一把江南油纸伞。

带着时光的斑驳记忆，抚慰现代都市人浮躁的心灵。

木屋是陋室，清风明月，溪水潺潺。

沐浴在水墨青花唯美的画卷里，邀你感受"执笔一副情画""共饮一杯清茶"（徐志摩语）的生活情趣。

温柔的月色，映照着一枝洁白无瑕的心莲。

心韵悠悠，落花满庭，掬一捧湖水，拈一缕秋香，婉约明媚的律动，任一曲小调轻轻流淌，轻拂诗意淡然的生活。

夜雨潇潇，飘如落羽，残月隐然，澹梅浣雪。

静听这疏篱烟雨唱彻醉花阴，漫看淡云长天弹却凤箫吟。花开花落本无意，诗情画意惹醉人。

玉人雕琢的诗情画意之趣，营造的朦胧清寂之美，是透过作品彰显出本真自然和至纯的情感及对生活的热爱。

山水的清音似水墨画，古淡静雅，给人一种静谧清凛之感。玉人将山水丘壑与人物融汇，着意雕琢出一幅幅人与自然辉映、春光明媚的景象，生动描绘着那放歌荡漾的美好意境。我们用《晨景三曲》试述：

晨露：山石微露，长廊蜿蜒，池水微波粼粼。树木丛生，树干简括，树叶且淡且浓。

《晨露》中，葱葱郁郁，烟气迷蒙，山水亭榭、林泉雅集的氛围，琢磨出的景致带有朦胧清寂之美。

晨曲：远处山石轮廓粗犷，大片江水澄碧，景色迷蒙。山脚下楼阁傍水而建，屋门洞开，似主人刚刚出去，一旁树木枝叶繁茂，一长廊从右下角露出。

《晨曲》里，构图虚实明确，简洁精致，既琢磨出静谧清旷的气氛，又表达出气势雄浑、晴朗澄净之美。

晨鸣：幽居的庭院树木丰茂，古枝苍劲；蜿蜒的小路似通远山；晨光乍现，云雾缥缈；一群小鸡啄食嬉戏，一只大公鸡站于突兀的山石上鸣音。

《晨鸣》间，山庄宁静，水雾朦胧，琢磨出晨曦下的瑰丽景色，充满着清新绚丽的美。

玉雕人用点线交织的形式，雕山石草木的聚散，琢山川烟雨的苍茫，拂一曲灵动的和弦，用幽韵的节奏，将亘古的柔情刻进古拙浑朴的玉雕语境中。

浑朴：雄伟壮阔的山色中点缀着富丽堂皇的楼阁，山水青绿，宫殿错落有致。山石树木勾勒雅逸，图物结构严谨细腻。

风格浑朴的雕琢手法，匠心独运，既细致入微，又气势恢宏，山水清音，浑朴有致。

淳朴：圆月高挂，主人举止文雅，面如春风，手中把杯迎友，正应佳节好友来访之意境。侍酒的童仆和回望琴台的文童，神情各异，生动有趣。月色下空旷的山林幽雅明净，

山色磅礴拂一曲

欢愉的氛围令人平添几分快乐。

静谧的月光下，淳朴的意境与良辰美酒相融汇，表达了玉人们"每逢佳节倍思亲"的真情。这恬淡背后的刻画，是玉人创作玉雕作品的最高境界，情致缠绵，余味无穷。

清旷：山峦白雪皑皑，芦竹寒汀，白鹭瑟缩，整幅画面琢磨出萧疏寒凛、沉寂明净的意象。

铁笔磨蹉出的浮雕效果，使白雪与白鹭之间浑融透明，清旷之境界婉曲含蓄，言在玉外。

生命的绿色是内心发出的咏叹，花香清新，疏朗明丽，玉雕作品可在疏放清旷的宁静中感受曲折人意。山水有清音，更有玩味不

　玉雕美学漫步

尽的自然情趣，挥之又来的人生哲理。

玉雕艺术家寄情山水，自然美与心境美融为一体，质朴清新，玉雕创作必会是空明宁静的慧悟，散发出独特的艺术境界和无穷的艺术魅力。

玉雕艺术家寄情于山水，兴发思虑，震荡心灵，情寄八荒，神飞天外。这如苏东坡《登玲珑山》诗一般：

脚力尽时山更好，

莫将有限趁无穷。

诗人以最真切的体验，拈出了山水清音中所证悟的生命境界：

生命有限，精神世界无限，自由本性无限。

蓬莱仙境

传说中的蓬莱仙境，源于道教中长生成仙者居住的"仙境"。大海中三座神山——蓬莱、方丈、瀛洲，高下周旋三万里，顶平旷可九千里，山上金玉琉璃之宫阙，既有晶莹的玉石和赏玩的苑囿，又有醴泉和美味，更有食之可长生不老的神芝仙草。

公元前 215 年，秦始皇东巡碣石拜海求仙，表现了他对海外神仙世界的热烈向往。汉武帝派遣船只入海寻找蓬莱仙岛，笃信海中有神山仙苑，山上有不死药，服之可羽化成仙。

白居易在《海漫漫—戒求仙也》中描绘：

君看骊山顶上茂陵头，

毕竟悲风吹蔓草。

玉雕人也将这蓬莱仙境物化成山水玉雕作品，开拓了玉雕艺术中新的审美体裁。玉雕中蓬莱仙境的构

远山近树貌仙宇

图，多取乾隆《蓬岛瑶台》诗序中的一段："福海中作大小三岛，仿李思训画意，为仙山楼阁之状，岑岑亭亭，望之若金堂五所，玉楼十二也。"

其实我心中的蓬莱，简括邈远：

大海苍茫，白色砂岛浮现于烟雾里，神芝珠树散落在三岛之上，宫阙玉楼为其主景。

如今，人们在对仙境灵域的憧憬中缓冲现实生活的烦恼，由此获取心中无尽的审美快感。由是，玉雕作品的创作若立足于宽广的胸怀和丰富的想象力，即可雕琢出山川湖海吞吐日月的宏伟场面和壮丽景象。

夕阳依是无限好

可否这样创意：

　　玉雕画面上，远近山峦兀立隐现，云烟幻灭中宛如仙境，气势翻江倒海，令赏玉者惊心动魄。

可否这样切磋：

　　山石造型层次清晰，近细琢硬光，中粗磨哑光，远无琢无光。山石、云雾、翠林有淡有浓，有虚有实，注意玉石的玲珑与物的剔透，增加构图上的韵律感，琢磨上章法有致。

蓬莱仙境之题材多为神话传说，琢磨出的图境也多是神仙异人之所在，因而山石陡峭，奇形怪状，苍茫大海，波涛汹涌，树木葱郁，楼阁华丽壮观。

玉雕构思：

> 群山嵯峨，繁花盛开，仙翁十数人，各得其乐。山头玉泉
> 飞瀑，云烟间琼台宫殿掩映，一派蓬莱仙境，一眼望去，玉洞
> 桃花万树开。

玉人的思绪再转换镜头，苏轼的《水调歌头·明月几时有》让
我们端起酒杯，乘着清风去玉宇，翩翩起舞赏清影，遥生阴晴圆缺，
亲人健康平安。

> 明月几时有？把酒问青天。不知天上宫阙，今夕是何年。
> 我欲乘风归去，又恐琼楼玉宇，高处不胜寒。起舞弄清影，何
> 似在人间。

> 转朱阁，低绮户，照无眠。不应有恨，何事长向别时圆？
> 人有悲欢离合，月有阴晴圆缺，此事古难全。但愿人长久，千
> 里共婵娟。

苏轼的词清新奇丽，意味深长，雄浑开阔，情真意切。

玉人的构思也可以清新取胜：

> 瘦削的远峰突兀，云雾轻荡，近景琼台，松枝以一角一崖
> 隐现，高士与童仆静望远方，远处氤氲缥缈。

简括的构图、幽静的意境、邈远的情景，将情意缠绵巧妙构思
其中，细腻入微。

我们心中的蓬莱，是卓姿孤高的明月，是淡然恬静的山庄，是
素月笼罩下的静夜，清香流溢，清幽而恬然。

玉人心中的蓬莱，还可是登览、凭栏、高瞻、远眺，是百尺阑

干横海立，一生襟袍与山开，是玉雕艺术中空间美学的文化之根。

这个根如司空图《诗品》中所说的："行神如空，行气如虹，……喻彼行健，是谓存雄。"（《劲健》）"大用外腓，真体内充，返虚入浑，积健为雄。"（《雄浑》）激情的奔涌、生命意识的张力，用智慧的形态，以慧眼拈出自然山水的一角，作理智的观照、知性的反省，体现刚健的精神。

玉人的生命力，在于心中有无限蓬勃的生机，有登泰山而小天下，将宇宙天地摄入眼中的豪情。由此，玉人的精神不断向上、不断精进。

玉人的生命力，体现在对玉雕艺术的执着，生命不息，理想不灭，是为强大的精神动源。

由此，玉人还须更上一层楼，去登上那楼外之楼，去见那琼瑶蓬莱，看那白鹭翩翩，望那青山绿水，感受心胸无限，将中国哲学的深刻意蕴化作生命的境。

时光里的水天堂

白玉

长风玉舍　赵显志

旷远之思

　　每每读起中国文人画，足可有江湖之思、濠梁之想。因为自王维将绘画艺术融进诗歌，至宋后大多诗、书、画为一幅，元以后诗、画、印又写进一体。观岁月更替、历史兴衰，看英雄人物风流几何，似乎都历历在目，感慨不已，正应了徐渭题画诗所说的：

　　　　莫把丹青等闲看，

　　　　无声诗里颂千秋。

　　在灯红酒绿的今天，恐怕没有多少雕玉人去追忆倪云林的山水画，他孤傲自许、天真幽淡的个性和画风，与当代人们的追求相距甚远。可内心时常会泛起微波，面对多不着色、满幅无人、一片寂寞、平远枯木雪原的倪高士之逸品，还是忍不住满眼泪湿，不能自已。遥想云林当年的风神超逸，似有不尽的寄其孤高绝俗之思，也正如倪云林《安处斋图卷》上题诗自舒心怀：

> 幽栖不作红尘客，
>
> 遮莫寒江卷浪花。

每当读到有关中国文人画家的人生观时，笔者内心无比崇尚之人莫过于倪云林。他卧青山啸傲山林，望白云情境恒寂，如燕舞飞花，似美人横波。今读其画其吟，仍能领略云林的人格精神和审美心理，更能给自己带来悦心、悦意、悦志、悦神的至美心境。

玉雕艺术家都熟知在中国山水画中，宋代郭熙所倡导的高远、深远、平远之意。在一块小小的玉石里，我们应如何表达才可以彰显玉雕艺术中"三远"的诗意空间？

自山下而仰山巅，之色清明，之势突兀，意境明了，谓之高远；

自山前而窥山后，之色重晦，之意重叠，意境细碎，谓之深远；

自近山而望远山，之色有明有晦，之意冲融而缥缈，意境冲淡，谓之平远。

玉雕艺术中的"三远"，是在砂砣富有节奏和韵律的活动中达成的。玉雕设计的空间结构逻辑性并不强，所追寻的是诗意的艺术空间。刻画的线条趋向音乐境界，玉色的浓淡渗透了时间节奏，虚实结合，明暗交互，玉雕构图的全景琢磨转化为鲜活的生命真实。

如今，无论是琢玉人，还是赏玉人，能否接受没有人间烟火气，流露出的是一种简淡超脱情绪的玉雕艺术作品？

试问，饱含着复杂心绪和对审美理想的追求，玉雕艺术作品创造了一种荒寒旷远的意境，呈现的是玉雕人超脱于世俗之外的隐逸

坐观天地诗意情

思想的艺术观念，人们接受的程度有多大？

试举几例：

湖水浩渺，山光水色，远接逶迤山峦，近处几棵枯树参差错落。

玉雕构图追求萧条淡泊的意境，琢磨中尽现干枯、荒寒、深远的韵味。

近景树木的枝叶萧疏，错落有致；远景的山峦平缓；中景为辽阔平静的水面。整幅图没有绿叶，没有飞鸟，更没有人迹。

玉雕构图追求脱俗空灵的意境，琢磨中刻线呈现出磨砂效果，阴刻线或浅浮雕的力度尽现轻柔，显得若即若离，万物浑然一体。

生命无限思渺然

　　一河两岸有枯木几株，枝叶萧疏，两岸间溪流上两块木板架桥，一老者手握木杖闲适前行，远处有一抹隐没的山峦。

　　玉雕构图追求冷峻、空旷、静洁的意境，琢磨中注意铁笔横向划擦，山坡上的石头也呈现横向扁平，表达出作者旷远的忧思。

　　不管怎样，玉雕艺术对待创作的理念，还是要还原到虚实相生的美感、脱俗虚空的意境中，这是玉雕人经久不衰的艺术表现力的源泉，是演绎玉雕艺术强盛表现力的源流之光。

　　旷远之思，言有尽而意无穷。

　　世俗与理想，传达出玉雕人追寻生命价值观的精神世界。

　　旷远之思，将玉人利用的浓郁情思带进了一个无限缥缈的意境。

悠悠之思，是玉人利用有限的时间进入无限的空间的意境。

独上江楼思渺然，

月光如水水如天。

同来望月人何处？

风景依稀似去年。

赵嘏《江楼感旧》

晚唐赵嘏的这首七绝，描写出月光如水水如天的情思，空茫落寞，依稀清邈。

好似玉人的心灵神游，空间意识中添加了时间的维度，心灵可以由此伸展，与先贤晤语，与往昔相融，玉雕艺术的创构或许就在无限悠远的怀古之思中诞生。

玉雕创构：古寺一座，庭院深深，玉兰枯树，花开依旧。

玉雕艺术的创构，是在一个特定的空间，将过去和现在打通，犹如在玉人心灵里凿开了一个情感的小窗，昔日的光阴，带有一丝醇香，弥漫于心田，滋润进灵魂。

旷远之思凝结着令人神往的旧事，正如李白《谢公亭》诗曰：

今古一相接，

长歌怀旧游。

对古今相接的追恋，就是诗人对自己生命光华的追恋。

玉人的旷远之思，旷若心灵的神游，思若精神的壮游。

翠峰行舟

独山玉

玉神工艺　刘晓强

妙得天趣

　　"米癫拜石"的故事玉雕人早已熟烂于心，它从美学上为爱石之人树立了一个标准，以"瘦漏皱透"代表理想人格与情操。《史记·五帝本纪》记载，大舜用黑玉制成玄圭送给大禹，由此大禹就规定各部落上交的贡品中要有"怪石"一项，这也表明了早在四千多年前我国就有了对玉和石的欣赏。

　　赏石崇玉，是对大自然造化之妙的升华，得之为天趣。天趣的最高审美理想就是返璞归真的美学原创，就是"道法自然"的精神核心。

　　玉雕艺术借助雕石琢玉表现自然趣味，表达"石不能言最可人"（陆游《闲居自述》）的心智活动。天趣即源于石趣，石趣在玉雕中的表现皆"大自然的鬼斧神工"，是玉人雕之所不能及的，既平淡天真，又出神入化，令赏玉人为之叫绝！由此呈现出的天趣，沉静温润，不以柔媚悦人，不随波逐流，孤高介节，君子也，为友也，吾师也。

> 画师争摹雪浪势，
>
> 天工不见雷斧痕。
>
> 苏轼《雪浪石》（节选）

天下真有这奇异神工。南京瞻园里有块太湖石，大大小小的涡洞无数，宛如一团团积雪，石背处形同击石浪花的斜纹，谓之"雪浪石"。玉雕作品中的奇石可赏，也主要体现在：一是路之通，峰与径，此通彼，彼通此，"透"也；二是玉玲珑，四面皆眼，"漏"也；三是孤崎无倚，"瘦"也。得三者即得天趣。

> 太行西来万马屯，
>
> 势与岱岳争雄尊。
>
> 苏轼《雪浪石》（节选）

一块小小太湖石，苏轼能现形象于直觉，融化成一气，必有心灵与情趣的交感共鸣。

由是，玉雕人琢磨奇石纹理、色泽与形状，现山川形胜，以此激发赏玉人遨游之趣，乐在其中。

爱玉在于情，"忘机得真趣"。玉雕人的文化素养和情操，决定了艺术作品之美，正如"人品既已高矣，气韵不得不高"。（《画论》）爱石惜玉，要有米芾之精神。米万钟（米芾后代）曾为一块石头倾家荡产，终还不能将其置入自己的勺园，不得已弃放房山。乾隆爱之，将其放入清漪园，见其形如青芝，故名青芝岫。故而，玉雕中的石趣，在于真趣，真趣源于天趣。

天趣之得是对石与玉的悟道，就是"纳须弥于芥子"（傅翕《还源诗》）的醒悟，也终要归于"石中有机锋，拳石可纳五岳"的妙得。

玉人要了解石、亲近石，从赏石中感悟人生。

感悟一：明心见性。

赏石不在贵贱，乃以禅心入道，即以"无念、无相、无往"三昧为基础，以"明心见性"为宗，主张石头是一种精神，它代表着人们的理想和价值。

创作构思：玲珑太湖石一尊，洞洞相连；枯木下坐一师父手拿念珠。

感悟二：陶冶性情。

赏石好玉。石有造化之工，能解忧消愁。玉富美妙之趣，具有宁静致远之力，所以雕玉琢石的过程就是陶冶性情、涤尘净心的过程。

创作构思：居中危坐石墩上，长衣高士双手轻拨琴弦。三位听众各具神态，陶醉、深思。

感悟三：超然物外。

"美石为玉，在有德"，仁、义、礼、智、信的文化内涵，唤起玉人以石寄情；石有不卑不亢、任人品评的情操；石有沉静淡泊、不随波逐流的信念。以石悟道，超然物外。

创作构思：一丛兰草从山石间自由舒展，兰花怒放，大部分画面留白。

明月几时有？

把酒问青天。

不知天上宫阙，

今夕是何年。

苏轼《水调歌头·明月几时有》(节选)

看来，东坡居士也曾有过寂寞孤独，但叹息之余，他仍有如此情怀。望月怀古，人生也不过是沧海一粟而已。

自古玉雕艺术就离不开月，月到中秋分外圆，月是故乡明，明月几时有。以月怀乡恋土，传递感情，感慨人生，都雕琢在月明星稀里。

构思一：偌大的天空，月亮高挂；酣睡的大地，空寂一片。

意境联想：天空的虚与明月的实，构成宇宙万象的呈现。

思想表达：又是一个长长的夜，而月的光辉却普照人间，温和慈祥。

明月高悬，月晕辉光而现，给大地带来了绵绵情意。温暖，以寄情怀；光明，带来人生的希望。举头一望，刹那间触发心灵，令人浮想联翩。

构思二：诗意联想。

床前明月光，

疑是地上霜。

举头望明月，

低头思故乡。

李白《静夜思》

意境联想：明月照秋夜，举头遥望，顿生思乡之情。

思想表达：场景清宵绝冷，眼前的实景与复杂的心情交融，感慨由此而发。

如霜的月光，拨动了久客思归者的心弦。月亮虚无缥缈，也阻隔不住人们对月光的眷恋，总有那么一丝希望，在月夜的时空中延伸。

构思三：横梅枯枝二三杈，饱蕾点点；浮云薄遮圆月，晕光漫射，月色淡橘红，空天泛黄光。

意境联想：古拙苍梅托出悠悠历史，泛黄的夜空透射出人生的悲喜。

思想表达：岁月悠悠，人生几何，今人不见古时月，月落西山

花落人间一枝红

沧桑事，都付于月起月落的循环中。不拘于一点，不托于一事，人生苦乐是现实，人生的希望有寄托。

读月亦如人生三境：切玉的学徒，斜眼窥月一瞬间；师傅琢玉，院中品茶端望月；艺术大家磨玉，阳台危坐怀抱月。

在我的心中，月亮总是中秋圆，月色总为辉映天。愁闷明月千般有，明月时时待闲情。正如苏轼的《记承天寺夜游》，放下仕途的不得志，排遣无所归依的心境，托一轮明月，漫步闲庭。何不享受这澄澈明亮的月色，何不怀托那乐观豁达的自适人生？

人生没有永恒的苦乐，只有永恒的明月。

让生命多一份憧憬，留下的价值会更多。让心情荡拂在天然的玉石中，让生命在春风里实现永恒。

构思三：危峰挺立，迷雾蒙蒙；月夜清朗，晕光虚幻；高士举杯赏月，童子一旁斟酒。

意境联想：景物简洁，生动自然；人物勾勒，神情俱全；月亮空虚，若有若无。

思想表达：素月悠空，朴素、端庄。寒天为幕，巍山为缀，若幻若实，月色静如水。仰望长空，一轮明月高挂，宁谧和谐。千年沉浮的轮回，隐藏在那一缕清澈永恒的月光下。

时光易逝，绿了芭蕉，红了樱桃。坐在青石上，采撷一缕清丽的月光，在洒落一地的辉光中举杯，放飞心灵，面带微笑，心捧着这温馨的夜。

风雨故人

听风，看雨，古往今来，这一极为寻常的自然现象却一直被玉人琢磨在玉雕里，以寄托对深沉生命的感悟。

苏东坡是笔者最喜爱的文人之一，每每情绪波动时，他的诗词就首先映照脑海：

> 黑云翻墨未遮山，
>
> 白雨跳珠乱入船。
>
> 卷地风来忽吹散，
>
> 望湖楼下水如天。

苏轼《六月二十七日望湖楼醉书》（节选）

创作设计一："望湖楼下水如天。"

东坡于湖中船上望，望湖楼上黑云翻涌，雨点溅起小花，远处群山环绕，阳光明媚。

这是一场阳光雨，雨来时黑云压城，雨过天晴时

承受风雨慰生命

碧波如镜。

急骤的风雨、平静的湖面、柔和的阳光、愉悦的心情，全在东坡的笔下展现。悠然不尽的情致，千般萦怀的西湖美景，乐在当下的心境，尽在东坡的胸怀。

玉雕作品的呈现令人神清气爽，给赏玉人托出运物自闲、豁达怡然之境。

在艺术生命的长河里，玉人就是在承受风和雨，在一次次洗礼后蜕变，如一股生机又重新萌发，再度抽芽茁壮。历经了苦和乐，有坚韧、有柔和、有情怀，依旧蓬勃如昔。

创作设计二："其意萧条，山川寂寥。"

一文人高士于窗前遥望，屋外崖石林立，房角旁几株树木正迎秋风劲吹，叶落一地，花草凋落变黄；木栅门旁一童子正走出院外，远处一片混蒙凄切，山林空旷。

欧阳修的《秋声赋》，从悲凉的秋声入笔，写出有声之秋，肃杀摇落。可他的本意是要告诉我们，四时更替，人生嗟叹，重要的是自我反省。秋风萧瑟，万物凋零；秋寒料峭，神畅悠然。

人生苦短，不必落脚于悲欢的人事。感慨可有，秋风还会送爽。现在起步又遇春风，待秋来，硕果一定会挂满枝头。

创作设计三："山色空蒙雨亦奇。"

烟水迷蒙，湖水迢迢，一堤花柳。

东坡居士笔下的西湖，空明净洁，宛若仙境，一眼望去，对景思情。漫天翻飞的雨，多少楼台在烟雨中诉说着无尽的思念；雨中漫步，迎风湿衣，春意盎然。静观这风雨，升华成一份平心体察宇宙万象的慧明。

玉人不必苛求，对玉雕艺术的追求永无止境。感慨也好，平静也罢，凡俗不能徘徊，体悟人生真相，清心寡欲，方能心如止水，安顿性灵。

创作设计四："最难风雨故人来。"

湿地一片，芦苇茂盛，一只简陋的渔船孤独地停在岸边，竹桅杆高高竖起，远山浓墨淡影，空无一人。

清代孙星衍撰写的一副对联"莫放春秋佳日过，最难风雨故人

生命的重托

来",不能让春花秋月的美好时光流逝,最难得的是经历风雨时朋友的到来。

人处世间,风雨兼程。当心灵在风雨中前行时,都渴望故人的抚慰、真情的帮助。

人生寄托与期待的是风雨访旧友,患难见真情。期待故人,期待未来,使人生多了些自信和从容,多了些坚韧与希望。

在我们的生命里,一定有值得万般珍视的故友,这样的友情深厚而永恒。

创作设计五:"道是无情却有情。"

大片翠竹叶随风飘落，淅淅沥沥的雨线洒落，地面一片萧瑟。木桥上，一女子撑着江南的油纸伞迎着风雨正往家赶，远山蒙蒙，山脚下的村落掩映在雨雾中。

刘禹锡《竹枝词》曰：

> 杨柳青青江水平，
>
> 闻郎江上踏歌声。
>
> 东边日出西边雨，
>
> 道是无晴却有晴。

诗意清新活泼、生动流畅，玉雕作品的创作也富于生活气息，情景清丽。亲情、友情、爱情，令人动情。风雨兼程，有辛酸、有痛苦，更多的是惊喜。

玉雕作品表现清丽时，还会拈出对自然山水和温润之玉的品读与流连，还会深情地关注草尖上的珠露、幽谷里的隐光、玉质纹理的潜光，还会将对宇宙人生俯仰观照的情怀留存在玉雕作品上，传递到赏玉人的情感记忆里。

将这份记忆化作玉雕艺术的抒情趣味，正印证了谢灵运《于南山往北山经湖中瞻眺》中抒发的那份俯仰自得的情怀：

> 海鸥戏春岸，
>
> 天鸡弄和风。

游目骋怀，仰观俯察。抬头看秋月、听天鸡，低头赏海鸥、抚沙岸，宇宙万物无不活泼呈现。

苏武牧羊

独山玉

玉神工艺　刘晓强

玉人琢玉，靠的不是简单的技巧，而是一种情感态度。玉人从千山万水和玉石微观中，感悟生命衍化的贯通韵律，与玉石达成一种情感上的呼应：以为是风雨故人来，兴味无穷的一份自得之乐；以为是自在自存的世界，赋予生命自由最大的快乐满足。

风雨故人来，人生如初见。温馨拾当年，自是见青山。

肆

轻云漫度性灵真

初世原来复真性
大化同流归光明
殊有所思入三昧
得于精神慰性灵

见到山的雄伟博大，

看见满地的秋华，

一种想要委身于它的激扬深情，

仍蓄势待发。

玉雕艺术的高雅，清净微妙，

纯美清幽。

玉人旋动砂砣，不忍铁笔污之，

此诗、此画、此情、此景，

异于心而难言表。

让湖水轻拂，让素荷留香。

　　《蕉阴琴思图》是沈周的力作之一。其上有诗云：
"蕉下不生暑，坐生千古心。抱琴未须鼓，天地自知
音。"这蕉与琴、景与情、物与韵的审美情趣，有着
庄子"心斋""坐忘"的自由、性真，追求着宇宙天
地之大乐。

　　同为琴趣图，仇英的《松下眠琴图》上有十岳山
人的题诗："懒向城中路，耽栖堂上屋，玻璃荡春波，
浮翠入窗虚。"这言简意赅的词句，有着陶公描绘自
然景色的诗意、适情、风神的妙得，有着"山林与！
皋壤与！使我欣欣然而乐焉"（庄子《知北游》）的生
命感怀。

　　庄子的"游于物"，是一种无碍无挂的至人之境。
玉人若有此心境，则可谛听大自然最深的生命妙乐，
感应玉雕最美的艺术华章。

同为琴趣图，玉雕人表现的题材是："携琴访友。"一种构图是苦竹山涧与木桥溪水相伴，一高士骑驴前往，身后一童携琴，为之"携琴访友"；一种构图是一高士端坐山石上抚一无弦琴，岩头细瀑前，绿衣盘坐，犹如身处无人之境，为之"抚琴听涛"。前一玉雕作品表现的是深情与宇宙人生，琴瑟友之，情感超然于物外；后一作品表达的是高雅脱俗的千古心，神思飘逸，呈现出"高山流水遇知音"之真性大乐。

我们是玉雕人，当然要力追人格上的唯美主义，那可能就是"大音希声"的永恒之美，"使听之者游思缥缈，娱乐之心，不知何去"。（徐上瀛《溪山琴况》）

由是，我们可否做如下构思：

一高士抚琴凝坐，神情似有若无。身后一太湖石，一株芭蕉。

这抚琴而未弹的玉雕作品，表达着"天地自知音"的审美风韵。

一高士倚琴卧古松之下，俯首读卷，远处一侍童端茶前来。

这无弦之琴的玉雕作品，追求的是随境适情、妙得自然的游于艺之中的心境。

轩外奇峰、松竹花木面窗而立，窗下古琴一架，一老者端坐屋内，神态安然。

这深山抚琴的玉雕作品，营造的是众山皆响的艺术氛围，追寻的是雅韵天成的审美情趣。

上述构思，简括地说，是心物、主客、内涵和形式的有机统一，

阴阳轻拨个三昧

着重以虚涵实，实中见虚，有着极富玉文化特色的独特美学意境。

玉雕人在创作如"携琴访友""高山流水遇知音""抚琴听松"等有关用古琴表达人文情怀的玉雕时，常以逍遥的心态观宇宙，因为，古琴的乐所强调的是一种无限和深微的境界。用玉雕去表达琴乐的音淡、声稀、琴意，需得之于弦外，即对古琴雕琢的外在象征。重弦外之音，是偏向玉石与古琴静态之美的艺术。因此，在玉雕创作上，只有追求幽静的外在环境与闲适内在心境的结合，方可创现出心、玉、琴合一的艺术境界。

玉雕人都知晓，在繁花似锦的中华文化艺术中，最为古老而厚重的当属文人四雅（琴、棋、书、画）之首的古琴艺术，与古琴有关的玉雕艺术品也延绵不绝。在玉雕人的思想里，需要渗入哲理思

维、审美情趣、自然情怀，最终形成自己的生命情怀。

一颗真挚的心，净无尘滓，寄意深远，念无俗虑，志在云天。在这种心境下创作的玉雕作品，定会呈现出天光云影、乡关万里、惆怅尘烟、古风悠远的人性之精神、艺术之境界，让赏玉人回味悠长，思入三昧，静得生命之真实。

生命之真实是探得了大自然最深的底蕴，读懂了玉石最美的灵音。玉人化身为林间脉脉月光、山石上汩汩清泉，与水云的起落和砂砣的挥旋融合无间。

大自然和富有灵性的玉，时时都有微细的生命颤动，不期然而然地映现着玉人的生命情意。

由是，玉雕艺术感应着、涵容着玉人最广大、最无限的精神的存在。

当玉人将自己完全托付于玉石温润的本性时，玉人的性灵熔铸其间，与宇宙构成了一个深切的交流。玉石与玉人，玉雕艺术与琴意，拨动一个节奏，刹那间，留下最优美的砂砣与琴台的旋舞曲。

世间觉 南红 一户侯　侯晓峰

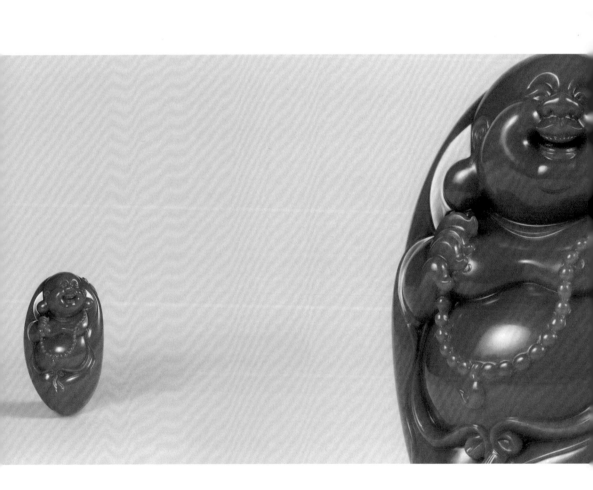

气定神闲、运筹帷幄，这是玉雕人在创作围棋对弈题材时所表现的两个意境。前者谓之纯洁性情，风度气韵；后者谓之制驭天下，智慧人生。

玉人以其无穷的想象力来雕琢围棋对弈的作品，从中可窥视世界的本源。

> 落叶溅吟身，会棋云外人。
>
> 海枯搜不尽，天定著长新。
>
> 月上分题遍，钟残布子匀。
>
> 忘餐二绝境，取意铸陶钧。
>
> 李洞《锦江陪兵部郑侍郎话诗著棋》

无论是吟诗还是下围棋，圣人都可以之制驭天下，俗人可以闲其情，修身养性，下至得意处，可令人忘食。

因而在创作玉雕作品之前，玉人必须明了，围棋博大精深，玄妙无穷，绝非我们的智慧可以轻易参透。它作为传统文化，千百年来，多少帝王将相、文人雅士、市井布衣乐此不疲，演绎出无数传奇佳话、美文诗赋，乃至成为治国方略、军事思想等的智慧源泉。

玉人创作围棋对弈的情景构思时，可从以下几个方面去理解、去创意、去琢磨。

构思主题一：战略智慧。

玉雕人都能深刻感悟的是，他山之石，可以攻玉。围棋战略智慧的闪耀点在于辩证思维指导下的总揽全局、关照全局的宏观思维理念，强调周密策划和预谋，不战而屈人之兵，奇正相生、出奇制胜、避实击虚、攻其不备与出其不意等，其核心是战略中的"势"。

构思主题二：道禅智慧。

围棋具有战略博弈和哲学思辨的双重特征。道的阴阳本原思想认为，天地交替运动是发生和决定一切的规律，即天道。禅的天人合一思想认为，人与宇宙为一体，体现的是一种统一、整体、和谐的思想，在无所不变的博弈中追求中和之境界。

构思主题三：人生智慧。

围棋能带给人们无限的人生感悟。认清自己、把握大局、顾及长远。生命过程中充满了未知，只有不断学习、提高素养，才能适应不可预测的未来；弃子就是舍得，学会放弃，既是一种美德，又可获取幸福感，同时又是一种责任；有毕生追求的目标，努力争先，使自己立于不败之地；善始善终，在人生的终点完美"收官"。

艺术境界思后行

围棋对弈中的战略智慧，为玉雕人在面对简洁的玉石时，进行了超越语言的诠释和思维本质的构建。用玉雕作品图形的构造与变化，体现出深刻的战略艺术，在朴素简洁的构图形式中，为赏玉人开拓出无穷无尽的思维空间。

因此，围棋对弈的玉雕作品背后彰显的是人生格局。由是，我们在围棋胜负之道中品味文化，在设计琢磨作品中升华艺术境界，从而将自己培养成玉雕界一朵绚丽而充满智慧的奇葩。

创作设计一：动静相宜。

棋盘中黑白双方对弈的棋手，一个拱腰凝目手推黑子欲落下，一个娴静安详地观其变化。

这一动一静，牵一发而动全身，方寸之间，棋脉相连，棋子落盘的声音犹似一泻千里，万马奔腾，正所谓局方而静，棋圆而动。

无形之静与有形之动，好似是人生前进的步伐，动静相宜，踏实而行。给赏玉人的思考是，三思而后行，静思中领悟人生之真谛。

创作设计二：舍得之间。

执黑子者正得意忘形，在收拾白子的"弃子"，弃子者声色未动，坚定沉着，有着令人叹服的大家风范。

在舍者看来，局部的舍是为后面大局的得，放弃既得的利益可能一时痛苦，但会赢得未来的成功。有时，舍小家为大家，应是一种责任担当。

　　创作设计三：创作无限。

　　执黑子者，坐卧不安，无心对弈，执白子者，方正有道，气定神闲。

　　人生若看重输赢，重视有限，必无出路。生命有限，以有限去创造无限，必海阔天空。

明月照禅心

白玉

文同轩 范同生

秋巳及一月，

残声绕细枝。

因声追尔质，

郑重未忘诗。

沈周《秋柳鸣蝉图》题诗

沈周的这幅《秋柳鸣蝉图》，好似泼墨长丝勾勒出秋柳小枝，勾引出秋风瑟瑟无限情。以浓笔涂蝉，传达出静之平和心境。

艺术家若将心放得远，则笔下的万物都随之而静，而玉人刻刀下的静寂世界，也多源自陶公"心远地自偏"的隐逸情思。

读沈周的笔墨，有一种深深的视觉意象：轻扬的柳枝、灵动的蝉翼，清风明月，情致高雅。这高雅里深刻着艺术家追求自然美的意蕴，玉人们的自然观是

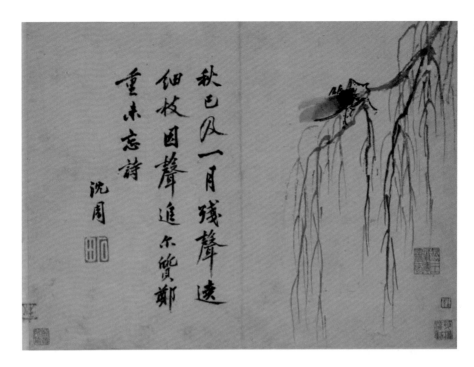

要将玉雕艺术写入万籁之中，而走向更高境界的是将玉雕艺术琢磨成自然。

读沈周的画，令玉人印象深刻的是他那平和的心境。如今，社会环境安定，玉人们有较为殷实的生活条件，但能够坚定自己、守住生活理想的却越来越少。面对温润之玉，弄铁笔砂砣与雅室，明月窗几独自处，满心欢喜淡淡情，随温润玉质而创作，聊自适闲居之兴，可是执着的玉人们共同之追求？

玉人何不脱离名利，在玉雕艺术领域成就着自己？这本是玉人的天职，也如玉的质地一般，要温润以泽，达至真正的内在美。这本来就是艺术崇尚的最高之美，即本色之美。

希望无限

　　玉雕艺术是以"本色之美"琢磨至上，崇尚情致高雅为审美情趣。当代玉雕艺术思想中一个极为重要的原则是强调"真"。玉人要用一生反复表达对"真"的执着，并甘于淡泊生活，这与玉质的最本真的特质——温润，即阴柔，也即中和，一脉相承。

　　温润的特质就是艺术家心态与传统的体现，谓之平和。平和的心态及在玉雕艺术上的表达，就是发挥中国传统文化中的"畅神"与"自娱"，突出玉人的主体精神，并由此成为玉雕艺术家创作的原动力，也就是玉人偶有的那种感觉：手握玉石，端坐砣机旁，砂砣旋转，创作的激情不能自已，铁笔停下时，仍觉意趣自来。

　　情致高雅的"大手笔"出自苏轼笔下的"飞雨"：

游人脚底一声雷，

满座顽云拨不开。

天外黑风吹海立，

浙东飞雨过江来。

苏轼《有美堂暴雨》（节选）

山雨欲来，豪情逸出，情致高雅。

是呀，哪位玉人没有饱尝风雨？可昂首迎接风雨的生命，依然生机勃勃。

玉人各异，其艺不同，其道则一：从大自然中汲取一种强悍的生命精神，化作一种壮怀激烈的宇宙豪情，凝聚玉人对自身生命的深切关照。

风雨后，推窗眺望，侧耳聆听海涛的嬉戏之声，举目远望青山的绵延之势，感受着风和口丽，阳光温煦，新春的气息扑面而来。

于是，玉人在大自然的春天里得到了新生。

玉人心志明了，永恒新鲜感的奥秘，正在于大自然生命本身，在于对玉雕艺术执着的追求里。

有两组"简洁平和"的创作图景，表达了玉人内在真实的"情致高雅"之意蕴。

一组是：一高士立于河柳前，一僮儿负琴背书；柳枝垂地，迎风摇曳，高士目光平和，望向远方，神态陶然自得，表达的是恬静雅逸。

另一组是：一高士坐于柳干上，钓竿置于胸前，如柳枝般自然落下，柳下岩崖高台，台石青藓点点，柳枝青青，湖水平波，表达的是高雅脱俗。

我们性灵中的高雅情致，玉雕创作中幽淡平和的美学旨趣，皆源于活灵活现的生活场景，浸透于玉人的生命体验。

在玉人的琢磨里，不是去记述生活中的琐事，而是通过过滤后的生活场景，用艺术形式来表达生活的乐趣，从而体现人生的价值。

由是，玉人的艺术情怀，就在平和清澈的心境下，在润和细腻的玉石间。玉人们要去追寻情致的宁静高远，去实现高雅的性灵腾踔。

是为之：情致高雅。

望岳
白玉

长风玉舍　赵显志

　　提起笔就来说点遗憾。在多数玉雕人的作品中，若有配诗，那大多也是名家诗词的转借。玉雕题诗这一艺术瑰宝更是日渐衰微，当今能吟诗雕玉的艺术家已是凤毛麟角，赏玉人中既懂诗又知玉的也少之又少了。

　　我们知道，为玉雕作品题一首诗，或以诗入玉雕，将诗意、诗境转化为玉雕构图，将有形的玉雕创作和无形的诗歌融合为一体，或将玉雕之美转化为诗意美，以诗琢玉，将玉雕转化为诗境，必使作品的意境和趣味得以升发。

　　宋代郭熙云："诗是无形画，画是有形诗。"诗歌与绘画相互融通产生了艺术之美。明代董其昌说："大都诗以山川为境，山川亦以诗为境。名山遇赋客，何异士遇知己，一入品题，情貌都尽。"可见，若以诗入玉雕，艺术家的作品内涵又以诗的形式抒发出来，

轻云漫度性灵真

诗将玉雕表象和心灵境界二者合一，这种创作形式完美地体现了中国的传统文化。

将艺术家创作的意象生动、线条遒劲、色彩温雅的玉雕作品题上一首隽永超逸的诗，使诗、情、玉相得益彰，神奇的东方艺术必会使人获得味之无穷的美感，征服爱玉人的情感世界。

题玉诗的创作可有三种形式：一是"拿来主义"，将名家的诗、词、赋中切合玉雕主题的内容题于玉雕作品中；二是合作共赢，与当今的诗词大家或诗词爱好者合作，你雕玉他配诗，共同完成作品；三是自抒心情，琢玉人有一定的文化功底且玉雕题字技能到位，可以自己咏诗并琢磨，会使作品颇具个性和雅韵风尚。

玉雕人需要注意的是，玉雕与诗相融，会在两个层面展开。一是诗意玉雕，取用诗的题材，将诗歌内容创现成作品，玉雕人往往要将诗的意境尽量拓展，使玉雕得诗之意，诗助玉雕之思。二是吸纳诗的意境，取诗的写实、虚实、敦厚等的创作手法，用铁笔刻画出来，诗的韵味与玉雕的风格融通渗透，呈现出玉雕题诗作品的美学性质，散发出意味深长的艺术魅力。

苏轼曰："善诗者，诗中有画；善画者，画中有诗。然则绘事之寄兴，与诗人相表里焉。"玉雕人的"寄兴"，是表情达意于作品之中，情感体验于铁笔之下。我们试举两例：

一曰：由诗入境。

> 人闲桂花落，
>
> 夜静春山空。

月出惊山鸟，

时鸣春涧中。

王维《鸟鸣涧》

王维的诗呈现在玉雕人眼前的俨然是一幅春山夜色图，流动着的图画衬托出夜晚的静谧。

诗歌所描绘的景色，构成了玉雕创作的画面：

远处起伏的山峦，隐隐数重，山峰之间的溪流在悬崖处飞流直下，几株山坡上的桂花树下，花儿轻拂而落，一轮明月升起在山顶，鸟儿朝着桂花树悄然漫飞。

这如诗如画的春山之夜，静谧而空寂，它来自诗人内心的娴静。

这由诗入境的玉雕作品，表现的是桂花飘落的芬芳，鸟儿打破空旷山谷的幽寂。诗与玉雕营造出来的春山月夜，表达了作者追寻着内心的平和。

二曰：由境入诗。

空旷的大漠，辽远的大河，浑圆的落日，孤立的直烟。玉雕的构图勾勒出阔大的空间、丰富的层次、鲜明的色彩。

玉雕作品呈现出的是纵的烽烟、横的黄河、圆的落日，赏玉人所赏析的必是雄浑辽阔的边塞风光，自然就会令人由境入诗：

大漠孤烟直，

长河落日圆。

王维《使至塞上》（节选）

边疆沙漠，浩瀚蓝天，塞外风光，意境雄浑。王维的这句诗被近代著名学者王国维称为"千古壮观"的名句。玉雕人需把握的是：作品在表达诗人的感觉时，应呈现出劲拔、坚毅之美，亲切温暖而又苍茫壮美。赏玉人也会有切身感受，诗者的孤寂情绪融化在广阔的自然景象绘图中，为由境入诗的高超艺术境界而赞叹。

玉雕与诗的核心就是美学的精神。玉雕人的创作是心随境转的内心真实写照，是悲天悯人的直抒胸臆，是喜上眉梢的真情流露。玉雕人通过主体意识的锤炼后，形成了自己的艺术特质，再与玉雕作品完美契合，成为生命真实在玉雕层面上的美学体现。

我们不妨将诗情画意再呈现一二，以观诗与玉雕所展现出的独特魅力，表达玉人的审美情趣。

平平淡淡才是真

诗情画意一：

　　江上柳如烟，

　　雁飞残月天。

　　　　温庭筠《菩萨蛮·水精帘里颇黎枕》(节选)

　　江岸细软的柳枝、孤独的飞雁、悬挂在天空上的残月，传达出一种绵长凄迷的离别和怀念之情。

　　诗中高旷、清远的意境，在玉雕构思中，着重点是情感的抒发，因而可做如下创作：

　　一片风景的描述，一棵古树的刻画，一段场景的临摹。

玉雕作品表达的终归为一个字：情。一种如梦境一般的情意，一种离别相思的情感，一种淡淡相思的情愁。

诗情画意二：

> 大雨如注，烟雨空蒙，渭河之畔似显往日洞庭烟波，晚云密布下的雨雾中呈现出岳阳天境。

自然，玉人们会联想起温庭筠又一首脍炙人口的七绝——《咸阳值雨》：

> 咸阳桥上雨如悬，
>
> 万点空蒙隔钓船。
>
> 还似洞庭春水色，
>
> 晚云将入岳阳天。

这《咸阳值雨》诗，用笔墨染出的是一派清旷迷离的山水图景。这玉雕作品，以虚间实，触发联想，是用实感来雕琢阔远的气势，表达着人生中的闲适舒心。

玉雕与诗歌的融合，反映出传统文化中蕴含着生活中的美，并以丰富而独特的艺术手法创构生命中的真性，以形琢神，互为辉映，一同追求精深的审美神韵。

遨游八极

玛瑙

长风玉舍　赵显志

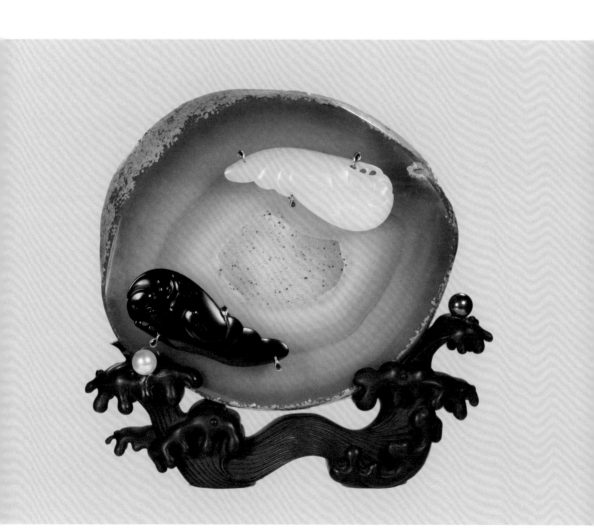

源头活水

沉迷于玉雕艺术之中，玉人能够洗净残存的尘心机括，使美学境界有一种向上升华的动力。这动力，或是一种独往自知的闲情，或是不断吸吮自然世界的灵感，或是悠游至光风霁月的宇宙情怀。

玉人的宇宙情怀，艺术的天机流溢，大自然必是生命投向的源头活水。

> 平畴交远风，
>
> 良苗亦怀新。
>
> 陶渊明《癸卯岁始春怀古田舍二首》（节选）

麦苗的新新不已、春风的新新生意、大自然的生生不息，从诗人的心田拂过，生命的情怀随着无边的麦浪，绵绵伸向远方。平淡、深邃，自然、优美，从大自然的生机之中，诗人找到了源头活水，汲取了力量，濡润自己的心灵。

我喜爱清代查慎行《舟夜书所见》这首诗，既有万川之月的境界，又有生命常新的源流：

月黑见渔灯，

孤光一点萤。

微微风簇浪，

散作满河星。

孤灯一点，倒映于沉沉月夜、黝黝水影中，何其落寞、孤独！可这灯，依然兀傲、固执地亮着，天若有情，岂不感动！

江上波动的光点化作满天星光，就是那"孤光"生命信念的源头活水。

玉雕艺术的不断拓展，就是生命的流动，就是永不干涸的源头活水。

半亩方塘一鉴开，

天光云影共徘徊。

问渠那得清如许？

为有源头活水来。

朱熹《观书有感》

玉人心中有开合自如之致，有清澈如鉴的泉水，有天纵之才的豪气，更有悠然万象的宇宙，玉石、玉雕、玉人、赤子精神，无尽于玉雕美学的意境中。

意境构思一：

竹板搭就于河湖岸边，几枝芦苇随风摇摆，一渔夫身披蓑

生生不已永不涸

衣斗笠正用力拉扯渔网。湖面水波不兴，远山近台一览无余。

玉人在纷扰的世俗中，需要这样一种精神：不争名夺利，不迷失在感慨里。面对世间万象，以澄明空灵的心境，淡泊世事，纯净如水。

意境构思二：

远山淡影，地面空空，白云朵朵，悠悠闲荡。

云影触发灵感，气韵转运其间，沙沙地刻在玉石间。

云，世间之美，稍纵即逝，显示着人生世相的偶然幻化，非苦求即得。

抑或是，你在那曲阿里观云，蔚蓝色的天空下青云遮天；你在巫山观云，"曾经沧海难为水，除却巫山不是云"；你在沟石下登山，刹那间，风驰云涌，翻卷着的云雾吸引你向山顶攀去。无论是蓝天白云，还是黑云压顶，都可成为神游探索的源头活水。在面对自然的观照里，云雾不是梦，巫山顶上的云也不甚神秘，氤氲的山岚，吐露的是人之真性。

就如同人，没有评判好坏的唯一标准，变幻莫测很美，如何欣赏、抒怀、交融，也没有标准。只是，人生不能因"云雾"而迷失方向，而是要透过其中，不畏惧眼前的波诡云谲，拓宽视野，将云踩在脚下，你的胸怀气象必磅礴如日出。

玉雕艺术的真理在何处？我觉得可观一观米友仁的《云山小幅》图景，白云所阻碍的山谷或许就是归宿，生命中矢志追求的意境，不是偶然，而是艺术的源头，是创新的精神。

意境构思三：

原野古道无尽头，风吹草低，渐远渐阔，似淡似无。

在玉人眼中，苍茫草原，雄浑壮阔。"青青河畔草，绵绵思远道"（《饮马长城窟行》），草的延绵深远涌动着深挚之情。陶渊明《桃花源记》中"芳草鲜美、落英缤纷"的场景，构筑的是我们很多人朦胧观花中的世外之境。"十步之内，必有芳草"（《说苑·谈丛》），人间万象，仁厚的人很多，轻敲心灵的窗，就会豁然。

草，随地而长，生意盎然。玉人面对这不起眼的草，心灵也会受到感染。因为，山川大地上的草原始淳朴，枯荣更替，幽艳淡香，

源头活水恒常在

生命坚韧。或在墙角，或于石缝，草长得怡然自适。这启示玉人，在人生中，要像草一样汲取营养的源头，学习草淡泊名利的精神。

意境构思四：

细雨蒙蒙，柳枝飘飘，微风轻拂湖面。

春雨的美，是有生命的。宋代王朝云天生丽质，聪颖灵慧，才有了苏轼的吟唱：

水光潋滟晴方好，

山色空蒙雨亦奇。

欲把西湖比西子，

淡妆浓抹总相宜。

苏轼《饮湖上初晴后雨》

阳光下，西湖水波荡漾，烟雨中，景色迷蒙。这如音乐般美妙的诗歌，是东坡居士初晴后雨、饮酒畅情后对西湖的赞美，或是对心中人朝云朝夕陪伴的心境感发。

逢雨，玉人可听、可观，进而思考，将这雨景归入源头活水之中，去触发玉雕艺术的灵感。

雨声，寄托着百转千回人生的情感；雨色，描摹生命那遥不可及的渴望与怀念；雨中，哲思着多少楼台烟雨中的时光荏苒；雨行，领略的是斜风细雨融入自然人生的信念；雨夜，倾诉的是流泉百道，活水自淌……

玉人眼中的雨，一开始就与生命的祈愿联系在一起，渗透出生命存在的情感意味。

玉与雨相融，不仅是玉人对自然的诗意感受或一种生活艺术，更是玉人对人生哲理的感悟。

悠然居　庞然

浑然天成

"子冈牌"是玉雕人入道的必修课。我们无须用太多文字去描述，然用料、款式、设计、琢磨等，那浑然天成的艺术之创、中得心源的美学之意，早已是吾师。我们可以这样说，雕玉者不懂子冈，正如学诗者不知李杜。

寒泉飞雪、云雾烟霞、沙汀村舍……玉雕人砂砣旋出的作品，以清润的切线，简远的意境，琢出川原浑厚，草木华滋。玉人们喜爱黄公望的富春江山水图画，临摹琢雕奇峰翠谷、云山烟树、秋水一房，玉雕设计上疏密有致，将咫尺山水表现得浩渺连绵，有千里之势，江南山水的意境引人遐思。若是玉雕作品描绘得更细腻些：波平如镜，云树远涵青，小舫二三人，将会是一番融入大自然的浑然天成的佳构，别有一番动中求静的情趣，必会使人顿觉无限生机。

表现"冬雪"的玉雕作品，常常借助皑皑白雪、冰凌剔透的画面，附以蜡梅、无人寂静的场景。玉人们是想让人感受自然变化的宇宙韵律，暗含严冬将过，欣欣然的春天即将来临。这种小情调的构思，如点睛之笔，生动多姿。在冰坚的表现中，传达出柔逸的乐章。游艺其间，乐在心中向往的大自然，并试图将自己融入其中。

从艺术创作的角度来讲，玉人们并非简单模仿自然江河，而是对大自然做抒情意境的艺术再现，并采用掩映、迷离和景深等手法，以体现自然的真实美，达到"虽由人作，宛自天开"的美学效果。

比如，一摩崖一深潭，使人产生如临深渊之感；一汪碧泉入其潭，几株树丛岸前挂，幽深绵远，使人产生荒湾野水之思。

比如，一清泉曲涧迂回，高低跌宕，人在林荫间，晚霞透落，尽得清幽之境。

再比如，"半潭秋水一房山"，"高山流水遇知音"，"留得残荷听雨声"等，通过对自然景象的营造，玉雕人让情绪泛滥，让思绪纷飞，使作品传达出一种精神上的深意，使心灵在浑然天成的意境下获得愉悦和满足。

玉人若细细品味那些成功的玉雕艺术品，总感浑厚的山脉、青翠的林泉、氤氲的云烟，仿佛呈现着一种大自然无以言状、浑然天成的宇宙气象。

玉雕作品的浑厚，是要靠似淡非淡、虚实结合、刚柔相济的玉雕技法和意境，去勾勒自然气象的奇妙与深远，玉、物象、气韵，三者浑然一体。

半潭秋水一素心

砂砣旋转的精妙，在于铁笔触及玉石时点线的质量、速度和节奏，这反映出玉雕人点笔刻画的音乐感，而这种音乐感其实就是铁笔琢玉的核心，即音乐式的抽象美。

铁笔琢玉的核心其实也是琢玉人的心境。比如，作品中雕琢的人物（画中人），那人闲庭信步，那人悠然自得，那人举手投足间气宇沉穆，画中人若都能与这山水融为一体，聚合为浑然天成的玉雕作品，即可称之为清高幽僻的佳作。

有过一定人生经历的人，都喜爱这样一景：

　　庭院砖雕门楼，粉墙黛瓦，石阶廊桥；缠绵的烟雨里，柔

高山流水遇知音

和的光线洒落，飘落的桐叶在雨中曼舞。

玉雕作品表现出泼墨式的浑然天成的图景，玉人心中素净而又不失雅韵，浸润着难解难分的人间风情。

人间风情的本质是生命之间的和谐关系，乃生命律动之美。在玉雕艺术中，或是由点线琢磨出的缠绕的生命欲求，或是将玉人的精神融进自然生命里，都将自由自在、浑然天成地呈现着。

玉雕艺术落实到美学层面，就是虚实、远近、动静等的审美范畴，自在自发、浑然天成地呈现出本真的美。

由是，玉人眼中的玉雕，就是玉石、自然与艺术的化身，能够

轻云漫度性灵真

产生审美发现、审美创造。故而，流淌着无限生机气韵的玉雕作品，敞亮、流荡、自然，无我地呈现出光景常新的天地生命，洒脱地表达出天地往来的美感，浑然天成地显现出宇宙生命的和风情调。

玉雕艺术的设计空间，充盈着古朴、雅致、清幽、灵秀的玉雕美学韵致，自然的空间必会纳入玉人心中的天地，可感受到日月之造化，让人仿佛置身于素净清澈的风雅中，浑然展开，曼妙而至。

玉雕人须有淡淡的隐逸之风，心神通达，宁静平和。玉雕作品，结构严密自然，琢磨毫无砂砣之痕。玉人德才，完美自然，雕玉做人，浑然天成。

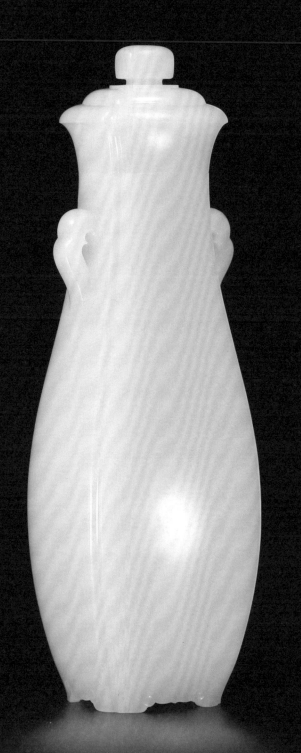

如意瓶

白玉

春风德玉　张春风

恣肆纵横

雄豪自放，恣肆纵横！在中国古代诗篇里，那豪放尽洒、灿若星河的铿锵声，震耳欲聋，催人奋进。

大风起兮云飞扬。

威加海内兮归故乡。

安得猛士兮守四方！

　　　　刘邦《大风歌》

王者，令万众倾倒的身影，集万千壮士仰慕于一身，为国家镇守四方！

酒酣之后热血飞扬，男儿有志，不负天生八尺躯，以火的性格，去实现鸿鹄之志，维护天下统一！

君不见，黄河之水天上来，奔流到海不复回。

君不见，高堂明镜悲白发，朝如青丝暮成雪。

……

主人何为言少钱，径须沽取对君酌。

五花马，千金裘，呼儿将出换美酒，与尔同销万古愁。

李白《将进酒》（节选）

恣肆纵横的豪迈，超脱飞扬，千古无双。人生行进的径道上，都已成为过往。可我的情绪依然是行云流水，任意所至。纵是帝王屈尊就我，不与换江山。人，应该懂得生命的意义，去享受坦荡豁达的诗意生活。

滚滚长江东逝水，浪花淘尽英雄。

是非成败转头空。

青山依旧在，几度夕阳红。

白发渔樵江渚上，惯看秋月春风。

一壶浊酒喜相逢。

古今多少事，都付笑谈中。

杨慎《临江仙》

这是我喜欢的一首词，不，是我尊崇的，在历经红尘百劫之后淡泊洒脱的心境。

阅尽尘世，才识疏狂之珍贵；备尝世味，方知淡泊之为真。人们常说，夕阳无限好，只是近黄昏。人在世上走，碰到许多事，可是事事似乎都是一样的，不管多少事，心清似水，任它世事冷如冰，都付笑谈中。

这是生活的美学，这是生命的真性。

由此，联想到荆浩的《画山水图答大愚》诗文中的一句：恣意纵横扫，峰峦次第成。

荆浩是北方山水画之祖,《笔法记》为我国古代山水画理论的经典之作,他的画呈现出一种高深回环、大山堂堂的气势。

玉雕艺术也离不开荆浩"墨淡野云轻"的境界,用琢刀的韵味天趣,去磨磋恣意纵横的自然之景和心性之逸趣。

玉人切磋:天高气爽,峰青树荒,云烟满户,野客漫饮,午鸡啼鸣,山翁相语。

这件玉雕作品所表达的秋色寥廓而又富于生活气息。大山之境,充满着丰富的细节,强烈的震撼力之下,如玉般耐人品味。

玉人琢磨:远山重叠,高耸入云,山巅树木繁茂,涧水从山崖上飞流直下;中部山腰隐藏着一院落,山道从此蜿蜒于溪水畔;近景小溪流入山下湖中,岸边渔船一只,岸上一人骑驴前往于密林之下的村落。

这件玉雕作品所表现的是山巍矗立的气势,尽显气魄雄壮、烟岚缥缈,营造出一个寂寞幽静的世界,表达了玉人虚怀若谷的淡泊之情。

恣肆纵横的精神表现为玉雕艺术的铁笔恣恣,似流瀑飞动,沉着畅快,酣畅淋漓。玉雕构图简练质朴,玉色明快,创造的意境清和明丽,开朗豪放。

我们设计一件浑厚苍劲的玉雕作品,它给人的感受应是气势雄强:

高峰壁悬,群峦林立,山巅林木茂密,飞瀑如细丝直泻而下,山脚下巨石堆砌,林丛中楼阁微现,山道间一群驮队匆匆赶路,一旁的小溪欢畅流淌。

青山知我洒脱心

玉雕显性情，这作品的气势定是来自心胸开阔、豁达开朗的玉人。

我们设计一件韵致清绝的玉雕作品，它给人的感受是清气满乾坤：

干枝梅横斜一枝而出，枝节简疏，花蕊竞相吐露。

玉雕抒发胸臆，这作品的遒劲挺秀，必有一种萧疏清逸之气，方成一格。

恣肆纵横，直观天地的玉人之心是创构玉雕艺术的灵魂。

玉人像懵懂的天真孩童，如鸟儿之拍翅，鱼儿之泳潜，全心体味着宇宙生命的波动。

无论是远近取与的博大胸怀，还是飞动流转的情思气韵，玉人高蹈的精神，都是向宇宙开放身心，游目骋怀，卷舒流动。

玉润砣舞的情怀，以各式抽象的点、线、面、影的琢磨，以摄取万物的神韵，雕石刻皮，铁笔逸飞，若断若续，而一点一拂，无不蕴含飘洒着生命的律动美意。

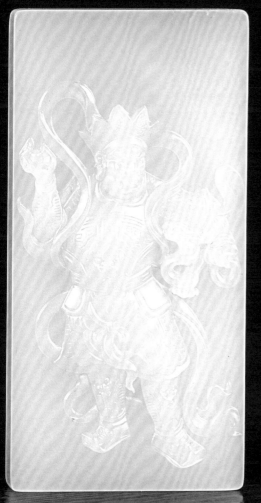

流瀑飞动恣肆洒

饱含韵律之美的创构：

    山坡下，开阔草地上，三只自在飞奔的鹿。

玉雕作品的构图是要表达抽象的概念，呈现流转、跃动、飞舞的情态。

恣肆纵横的宇宙情怀，它的卷舒取舍好似太虚片云，风云变幻。人的生命形式的情感节律，表现在玉雕艺术中，就是飞动、飘逸、流转、活泼的生命在宇宙中的流衍。

汉风恢宏

悠悠汉风，泱泱汉画，何处是美？

汉画，美在其隐喻象征的符号刻画，美在其言外之意的图像表达，美在其直觉形象的壮阔神秘。

汉代画像石，是豪放的艺术，是生命真实的艺术，是朴拙雕刻的艺术。它在这两汉 400 年的长河里，展现的是除文字记载之外的幻境世界，展示的是汉代雕刻艺术无穷的魅力，诉说着民族传统文化的形象史诗，奠定了中华民族的审美文化格局。

对于汉画像艺术，我们探究其艺术创作，讨论其制作过程及雕刻技法，研究其艺术风格，等等。玉雕人的关注点应集中在汉画像艺术所表达的审美精神和观念上。玉雕人重视的不是图像所表现的技巧性，而是在汉画像的总体图式与意象中去探讨其审美世界。

汉画像虽是一种装饰的艺术，表达的却是一种生

希冀阳光涤灵魂

命意识的幻象。人生活在现实世界，死后幻想活在天国，甚或可以羽化成仙，这是活着的人对现实生活的眷恋，对死亡恐惧的一种自我抚慰。人是宇宙的核心，从信仰的角度来划分，天界、仙界、鬼界和人界是汉代人的整个宇宙，汉画像就是用图像、装饰和各种符号加以审美来表现整个宇宙气象。

汉代画像是汉民族初期雄浑、开拓、壮烈的精神反映，深沉雄大，充满一种向上的力量。由此，汉画像中充盈着一种精神的振奋感和对博大精深的中华文化的自豪感。

画像石雕琢艺术的表现手法与玉雕很相近，以线刻为主，辅以浮雕、透雕和圆雕，加以彩墨绘制相结合。

生命初发

汉画像石作为一种陵墓祭祀的艺术，其造型不仅是灵动飞舞的艺术，更是象征主义的艺术。其表现的不仅是一个动态的世界、一个人文的视觉空间，更是一个幻想的世界。

显然，在天地人鬼之间，汉画像各要素产生了一种象征性交互结构，自然、社会、历史和人伦等被一个大宇宙观的结构图示所呈现，现实、死亡、成仙的境界构成了画像的审美意蕴。

张衡在《灵宪》中说："宇之表无极，宙之端无穷。"是说宇之空间可以观测的天地是无限的，宙之时间是无始无终的。汉代人就生活在一个被神圣化了的宇宙中，且充满了宇宙象征主义的信仰。作为表现死亡的艺术，从地下的墓穴到地上的祠堂画像，都是宇宙象征的表现。进而，在一个宇宙象征的模式中，将天文、祥瑞、升仙、庖厨、乐舞、狩猎等图像加以图式化，从而构建出宇宙形态、阴阳气化、天地方圆、法天则地、升仙之路等现实与理想的世界。

玉雕人汲取汉代画像石艺术之精华，树立中华民族精神的审美观，试举例阐述。

例一：南阳出土的《太阳神鸟图》《东方苍龙》，徐州出土的《东王公与西王母仙界图》等。

这是建立在"生生不已"的道家审美观念基础上的图像。汉代人追求养生，觅不死之药，希冀长生不老，羽化成仙。实际上是对生命的珍惜，对现实生活的留恋，有着积极向上的人生态度。

玉雕作品的表现是：只待灵魂的超脱，重视生命初发，对未来充满无限的希望。或是，热爱生活，追求生命质量，尽显生动灵气，令人心潮澎湃。

玉雕作品表达的是生命是天地万物之本性。

例二：南阳出土的《伏羲女娲图》《捧日抱月》，徐州出土的《乐舞图》，山东出土的《董永的故事》等。

这些汉画像的审美观念取自儒家思想，反映了两汉刚健、笃实、质朴、雄浑的美学情趣，表现了昂扬的时代精神。

玉雕作品的表现是：儒学思想治国家，维护社会安定和平，确保秩序井然有序，人们安天乐命。或是，天地博大，世事沧桑。静穆中涤荡灵魂，享受荣光。

玉雕作品表达的是生命意识的苏醒。

福寿如意炉

白玉

春风德玉　张春风

例三：四川彭山出土的《摇钱树陶座佛像》，徐州出土的《五人骑象图》，济南出土的《莲花日月画像》等。

古人将佛陀比附中国的天人，认为神仙可以降福纳吉，饰以佛像的摇钱树是富贵的象征，莲花符号是向往净土的隐喻。

玉雕作品的表现是：通过佛像、菩萨、莲花等图式，直接地表现佛教精神，从而引起人们对玉雕作品产生惊奇的审美感受。

玉雕作品表达的是企盼生命的轮回。

汉代画像使玉雕人明了，汉画像艺术是中国古老审美观念形象的史诗。中国人一直生活在自己创造的审美观念的世界里，诗意的境界是永远的追求。

汉代画像使玉雕人明了，图像注重形体大动作的飞腾跌宕的动势，流畅起伏的韵律感，时空交融的造型，显现异常简洁的整体形象。力量、运动和速度构成了汉代画像的艺术气势和古拙的美学风貌。

浮雕的起伏、线条的飞动，是艺术家抑扬跳动的心灵抒情节奏；力量的气势、粗犷的古拙，是艺术家内心审美情趣的抒发。

汉画像的审美基调定格于生命的充盈力。

伍

行云流水不觉飞

寒松水冷冷
乾坤一草亭
昂然一瘦骨
花落问寸心

一片云，一汪泉，心灵不觉飞。

那流动飘逸的云水，

小窗梅影的月色，

都幻化成花开花落、

鱼跃鸢飞的心灵远游。

玉雕艺术如同这行云流水的精灵，

畅然呈现，静谧畅扬。

玉人的思想可放飞至青山碧波处，

去追寻生命归处的一脉清流。

玉道至简

我常说的一句话：哲学求真，宗教求善，玉雕求美。

真是第一位，真是生命真实，也就是一个君子坦荡荡的性灵。玉雕在艺术上表现为真情实感。这个美就是我们玉雕刻所创造的技艺，玉雕人所表现的艺术构思和美的理想，达至玉的本质特性，那就是温润自然之美，这种美和玉雕作品的永恒性，构成了玉雕艺术之美。

从内蒙古兴隆洼村出土的距今已有 8200 年历史的白玉玦清晰地表明，在中国的玉文化长河里，历久弥新、积淀永恒的就是凝聚着东方文明的玉雕艺术。有人说，中国历史就是玉文化的历史，中华文化就是玉文化。作为带有玉文化标志的玉雕艺术，实际上是浓缩、简化了中华文明的历史，打开、放飞了社会时代的魂灵。

从当今玉雕别致的构图和简练的设计中，我们就可知道，以概括的玉雕艺术语言，雕琢心中至简的对于玉雕艺术的深切感受，表达玉人生命真实的世界，就成为玉雕艺术创作中的必然。

我们都能深刻地体会到，在生活中做一个复杂的人较容易，可想做个简单的人那就难上加难了。心里有所想，行动有所求，就必定成为一个复杂的人。

放下吧，做一个简单的人。只要放下执着，就不会为其所累。其实，放下欲望很简单，可这简单的道理正是我们困惑的根源。放下，心态就会轻松，心智就会透彻，烦恼就会溜走，你就会成为一个真性情的人，你就会发现眼前玉雕世界的美好！

有人说，玉雕艺术的理论很深，其实，并非繁杂深奥，我们用美学观来思辨，其实道理很简单。对玉雕艺术来说，简单就是玉雕艺术的一种智慧，是玉雕艺术的一种超能。

玉雕艺术家要达到玉道至简的高度，就要有文化素养，要有简单的性灵。对于玉雕来说，就是鲜明的艺术加工和高度的艺术概括，还可以表达为少雕，或是不雕。

这里有两个问题需要讨论：美玉不琢，玉不琢不成器。

先说"美玉不琢"。我这样认为，现代人的审美意识越来越倾向"返璞归真"的自然美。"美玉不琢"的思想正好与现代人的"原生态"需求相一致，同时这种简单的思想和保护玉的"原生态"——自然之美，完全符合人的现代审美需求。

我的观点很鲜明：玉是大自然之创造，由天地之精而发生。玉

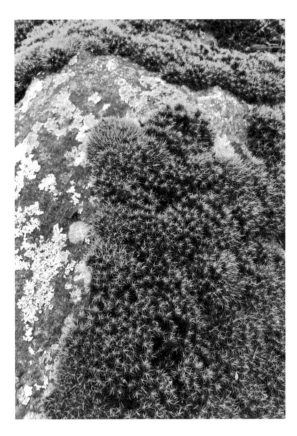

之质混沌初开，绝无砂砣之痕，臻于自然天趣才是完美。

　　例一：羲之爱鹅子冈牌。

　　苍劲古柏，主干弯曲一枝，几乎没有分叉、皱皮、树洞，几组简单的叶片，浅浮雕形式。

　　松柏所表达的寂静沧桑、孤标傲世的品格风度，寄托出松风过处的宁静和心灵的回归。

　　再来说"玉不琢不成器"。只有经过雕琢的玉才能成为玉器，才具有使用价值、审美价值和象征价值。"玉不琢不成器"，是指玉雕创作的艺术美。一块美玉经过细琢就可能成为一件精致的玉器，就可能成为被更多人欣赏的艺术品。当然，一件真正成功的作品应当看不出任何"雕琢"的痕迹，"虽为人力，全由天工"，天作之美，这是玉雕艺术的最高境界。

"美玉不琢"和"玉不琢不成器"这二者在我对玉雕艺术的表达中归结为"美玉少琢"或"美玉简琢"。

例二：白玉杯。

和田白玉，有耳扁圆形杯（类似古代的酒樽），平口，无纹饰，杯厚略显苍古。

简洁、明快、厚重，天人合一之境界。

笔者是这样认识的：我们本来都有敬畏之心，只不过在现实生活的喧嚣中，被功利诱惑失去了自我。因而，当今的玉雕人，要想有一颗简单的心，做出简单的玉，对待玉石，就要有敬畏之心；对待玉雕艺术，就要有虔诚之心。

我们经常目睹现今玉雕市场上的一些作品，尽显人造之美，尽显技艺之高超，但繁杂里却没有了意境，粗糙下浪费了玉料，技艺中失去了真实。特别是近年来出现的机雕作品，完全抛弃了玉雕艺术之美，成为彻头彻尾的玉雕工艺品。因此，我对机雕工艺品的认定是：玉雕艺术是精神产品，而机雕是技术产品，只能去摆个地摊，或是卖给不懂艺术的人。

美玉的真实是温润，玉人的真实是简洁。人们只有守住自己的善德，守住简单而纯净的心灵，才能在滚滚红尘中不迷失天性。

机雕速成的工艺品是赏玉人的克星，欲当玉雕艺术鉴赏家，必戒"速成心"。多少粗制滥造、速生速朽的玉雕工艺品告诉我们，急于求成于事无益，急功近利更难于立身。沉潜自己，专注一事，方能有所成、有所立。

我们是赏玉人，对玉是心向往之。我们对玉有着比常人难以割舍的情感，对玉雕艺术都有渴慕和追求，希望得其门而入其堂，但现实是彷徨焦虑，无从下手。

我们来讨论一下简括的玉雕艺术设计思想：

作品仅雕一瘦石、一翠林。

这一作品的呈现和表达，以自然为师，简单明了，简洁明快，将无限幽深的意蕴通过两件物品表达出来。

我们通过一片玉石雕刻，目睹具体的客观世界：

雕近景一枝一石的虚灵，将多点谱成一幅超象的诗情画意。

这两件作品的画面都非常简括，但欣赏起来却气韵生动。

玉雕艺术作品应如海明威所说的"冰山运动之雄伟壮观，是因为它只有八分之一在水面上"。因而，八分之一是玉雕作品表现的简括内容，而八分之七是玉雕作品本身体现出的含蓄迷离、朦胧虚渺的特点。这八分之一的简蕴含着那八分之七的深。如若这样，玉雕作品就调动起了赏玉人的求知欲，去探寻那八分之一后面的八分之七，这正是玉雕艺术的巨大魅力之所在。

我们知道，每个玉雕设计师都有其独特的个性，但总是要根植于丰富的传统文化内涵中。有玉雕人在作品中雕了一组徽派建筑

的房子，就说自己的作品表达了秀丽江南的气韵美；也有玉雕人雕了一枝莲花或一尊观音，就说自己的作品表达了空灵静寂的佛教文化。显然，这是简单照搬。无源之水、无本之木的玉雕路子是走不通的。

我们要明白的是：玉雕之巧妙，不是"雕"出来的，而是从心灵中"流"出来的。

在当代玉雕领域中，有人浮躁急切，名利熏心，既不想花工夫，又急于"出成果"，于是便走捷径，故弄玄虚，学狂怪，学稚拙，不解读玉质的内涵，不提升艺术的素养，随意拼凑内容，极尽技巧之能，结果弄巧成拙，成了真正的拙。

简朴的艺术审美具有无限的魅力。朴素如流水，纯粹若飘雪，这样的玉雕才能唤起我们内心对艺术的原始渴望，这种如同原始的自然界让人流连忘返，如同初生的婴儿让人爱不释手。

今日的玉雕艺术，仍要追求凝重与拙厚、粗犷与雄放、稚拙与天趣。例如雕琢荷花，荷叶的深色大块与潇洒灵动的荷花瓣线条，都形成了雕琢画面中拙与巧的对比，显示出了粗犷与雄放，充满着阳刚大气和无限的生命力。

今天，玉雕艺术所倡导的"简朴"艺术审美观，它暗示着我们要远离浮华，保持从容、淡定、积极的人生态度，并以这种人性的大智慧，设计出符合时代审美需求、可传至久远的玉雕艺术佳作。

一件玉雕作品，会令人吃惊，但不如令人喜悦；令人喜悦，不如惹人遐想。玉雕作品这种意境上的含蓄简约，虽然雕刻描绘的只是生命的片段，但却是对生活的高度概括和提炼，正所谓"浓缩的都是精华"。

玉雕作品的简约所体现的意境不是狭隘的，所蕴含的意味不是浅薄的，它能使人浮想联翩，味之无穷。齐白石的《蛙声十里出山泉》，一句"十里出山泉"就营造出了深远的意境，令我们回味无穷。这种以藏显露、以简胜繁的艺术架构，把人的联想与艺术形象完美地契合在一起，气韵生动而悠远。

玉雕界目前有关佛教题材的作品，大多是玉石佛造像，佛教文化的内涵，如本真、空无等多没有表现出来。

比如一支经幡空旷向天，半檐赭红庙墙矗立静穆，一个空灵的背影，一个转经筒，一个修行者等，就可表达佛文化的精神内涵。

有时候，心里明明知道可以简单，却因控制不了自己而言行相反。

究竟是我们太执着于所谓的自尊，还是我们都已习惯了口是心非。

看起来越简单的人，内心越是丰盛；看起来越是简单的玉雕作品，越是艺术丰沛。

很多人在说，如要简单也行，可失去了心计是要吃亏的，我说，简单到极致，才更具一种强大的竞争力。

荷叶持壶

碧玉

春风德玉　张春风

和美柔秀

我们知道，自然的山水花鸟、佛教的雕像和礼教的玉雕，是中国艺术方向和境界的重要构成部分。这其中，玉文化联系于礼教，并发展为具有教育和道德意义的玉雕艺术。因此，玉文化成了中华文化的特色之一，也就获取了世界地位。

玉，石之美兼五德者。像东汉许慎一样的很多中国学者，将石头看透了，看活了，看美了。他们从美丽的石头中看出了生命的真谛，看到了真实的自己，看到了天地宇宙的广袤。同时，他们把玉当成是和自己心灵相契的朋友，愿和玉倾心交流，以至于心心相印。在我的床头枕下，常常都放有几块玉，睡之前，摸一摸，盘一盘，赏一赏，心里美了，心里静了，然后就睡得香了。

我一直呼吁，要将玉雕从工艺美术行列中剔除出来，该是它回到艺术行列的时候了。因为，中国玉雕艺术已上升到了表达思想情感的境界。这一精神境界如李白的"清水出芙蓉，天然去雕饰"的美，似司空图《诗品》"生气远处""妙造自然"的美。中国玉之美，美在温润，美在柔秀，美在中和，从而表达出玉雕人情感中的深境和实现人格的和谐之美、和美柔秀。

喝茶有三个境界：解渴、知味、怡致。玉雕艺术的境界也可用三个字来概括：形、神、情。

因此，一个优秀的玉雕大师，不能仅停留在形的雕琢上，必须上升到神的高度，以神统形，就如玉雕界常说的，玉雕要琢出神，表达出言外之味。

我去过苏州，看过狮子林、拙政园、个园、沧浪亭、磐门等园林，它们皆给我以深刻感触。中国园林山水别有风韵，一块块小小的山形石中，能设置出一个个有形的大千世界。山里的青藤、溪边的蜡梅、岸上的杨柳点缀其间，别具风味。这山水虽小，可层峦叠翠，修竹参差，椅下影人似匆匆而过，灵韵的气息无处不在，点点清魂荡漾在小坡上、曲径旁，成就这充满生机的灵动世界。

玉人的山水玉雕，模拟太湖石山水盆景，让人挚爱。天生的瘦石、青素的草木、微光的秀水，全装在这方玉石中。你看不到高山，听不到溪流声，闻不来艳卉香，只有幽影袭人，妙处生情。正所谓，看景如形，听景似神，不似似之，形超神越。

关于形神的高度，我们来听听王国维在《人间词话》中的论述，他说："对宇宙人生，须入乎其内，又须出乎其外。入乎其内，故能

映山点缀

写之。出乎其外，故能观之。入乎其内，故有生气。出乎其外，故有高致。"

这样一内一外、一入一出的过程，不仅可作为认识形、神规律的依据，也指明了要达到深、广、精、微的拔萃高峰，极需艰辛的苦其心志，劳其筋骨。玉雕艺术的形、神高度，则是形神结合，乃至形超神越，走向和谐。

玉雕艺术家追求心物交融，心腕呼应，应情而生，感情支配技法，技法表达情感。从灵魂深处生发出的真挚情感，这就是情，真情。这情真意远的高度来自文化、艺术、思想、历史、宗教、哲学等方面的积淀和修为。也就是说，这些因素的修达入心，才可化为你的真情实感。

如今我们走进广州、四会、南阳等地的玉雕市场，满眼的玉雕工艺品，千人一面，千玉一人，其原因之一，缘于无我的内心真情，或借他人之感受所形成。熟知独山玉雕的玉人都知道《妙算》这件作品，是由仵海洲、张克钊大师共同制作的，2002 年价格才三千元左右。2003 年底我正在建独山玉博物馆，想买这件作品，可价格已经上涨到三四万元了。学校一位领导说，南阳玉雕大世界这样的作品很多，才一万元左右，买这么贵的干什么。对，可那是仿冒品，《妙算》现在已经被视为独山玉雕里程碑式的作品，价值已达几百万元了。可见，仿别人的作品，或单纯学师傅的技艺，那是从技术上临渴掘井，将精神产品转为技术产品，实在难以使作品获得艺术生命。

我们应该养炼自己的感情心性，锻造出厚积薄发的真情，获得"一滴水里见日月，妙笔生花说人情"的效果。进而，我们的玉雕艺术家们就能激发百折不挠的毅力，达致"笔落惊风雨，诗成泣鬼神"的艺术境界。

玉雕艺术的情韵，是玉雕大师生命精神的表白、情感的表达，更是作品的生命灵魂。

幽美深邃的玉雕作品所表达的意境就是含蓄。意境是玉雕艺术的灵魂，是玉雕各要素的精华，是玉雕大师情感的熔铸，是达到情景交融而表现出来的艺术境界。

我们来品读有关长江三峡的玉雕作品里浅中含深的意境：千里

江水流过三峡，三峡谷口洞开，一片汪洋变化于峡谷之中，人们的心灵在掀起狂澜的同时，峡谷又带来曲径通幽一般的意境。这一开一合，一放一抑，使作品充满了盎然生机，又见婉转回荡之势与含蓄蕴藉之意。读这件作品又让我想起一首诗：

我住长江头，君住长江尾。

日日思君不见君，共饮长江水。

李之仪《卜算子》（节选）

不直截了当，弯弯绕绕，有了距离，就有了美感。距离在明处，一个江头一个江尾，但暗里却是相通的，江头江尾还是一江水，曲径通幽，这个"幽"实在是委婉惬意，意味深长。

玉雕艺术要通过这种含蓄的手法，带着人们回环往复于社会生活和人类情趣之中，引入一个个幽美深邃的意境中。试想，一个身处繁杂社会的人，每天工作心烦意乱，在闲暇之余他看到了一个意境优美的作品，心灵上定会获得"世间多美好"的情感慰藉。所以，玉雕大师的心应随情感游走在砂砣与玉石之中，将其熔铸成一个个美好、动人、神奇的意象，从而引发赏玉人的丰富联想：一鳞半爪，若隐若现，雕刻出幽美深邃的意境，体现出朦胧美的艺术特色。

徐悲鸿的《逆风》，用含蓄的笔法，通过几只麻雀与狂风搏斗的姿态来表现画家自己的精神品格。直观地看，被狂风吹得偃伏的芦苇占去了画面绝大部分，几只小麻雀只在画的边角上隐隐可见。但深入体会，就会领悟到这种空间比例上的悬殊，正寄寓着作者着意将两种强弱力量进行鲜明对照的深意。弱小的麻雀在占压倒性优势

地藏王菩萨

水晶

传习玉坊　王东光

一池蜡梅慰春风

的"风力"面前依然兴奋不已，岂不正象征一种不屈不挠、激流勇进的精神风格吗？

玉雕艺术含蓄美中的想象，是要用智慧的双眼，透过心灵深处去体味那看似缥缈而意味无穷的情形：眷眷深情，自然流露；化玉为情，情景交融；不雕一字，尽得风流；千言万语，尽在不言；等等。

我们站在中国玉文化的高度去审视，北方以红山文化为代表的玉器，其艺术风格粗犷、跌宕、挺拔、雄浑；南方以良渚文化为代表的玉器，其艺术风格细腻、秀美、简练、雅逸。这说明远古玉文化确有南北泾渭分明、遥相呼应的鲜明特点，即北方玉文化以雄浑为格调，南方玉文化以含蓄为气韵。而妇好墓出土的玉器表明，以殷商文化为主的中原玉雕吸收了南北两大系统玉雕艺术之长，形成了统一格调的玉文化——和美柔秀，这表明中国玉雕已从多元化过渡到一元化的轨道上。

这和美柔秀"一元"风格的玉雕艺术，其突出特点仍是含蓄为上。

玉雕作品的含蓄幽美，实在是一种高品位的美，虽富有而不卖弄，虽深刻而不炫耀，虽才高八斗却温文尔雅，它需要我们细细地体悟、精深地发掘。我们若能撩其面纱，定会诧异于那隐遁于重围之后的美！

玉雕美学的原则从古至今都是崇尚含蓄蕴藉。玉雕砣机随着科技的进步越旋越快，金刚石雕具越做越坚硬，但玉雕艺术的硬功却不在这力度上，而是在自然中逐渐体会出玉雕所需的内力，这种内力通过白云游弋、余音绕梁的动态曲线等表现出来。玉雕大师用砣机与钻刀雕琢出的线条不直截、不显露、不漂移，且横线藏，纵线收，无往不复，一波三折。这种玉雕艺术的章法所表现出的气势是内外呼应，一阴一阳。从对玉雕作品的解读上，我们会感觉到，曲线也充满了力的荡漾。在寂静的画面上流淌的溪水没有涟漪，可它暗藏着漩涡之势，隐含着勃勃生机。

由曲线构成的玉雕景观，或游龙戏海，或飞鸿舞天，皆显示出曲线已被玉雕大师视为艺术的命脉和玉雕设计的灵魂。

云雾盘桓，爽气卷舒，水光山色阔远缥缈，若即若离，若有若

行云流水不觉飞

无，迷离恍惚，幽远极致。一眼望去，景色空茫，愈远愈淡，愈远愈无，似乎消失在无边的旷野里。

整个画面犹如美妙的梦境，使人如置身于仙境里不愿醒来。由此，玉雕艺术通过内部的张力，创造出一个委婉的空间，尽可能地展示出丰富的艺术内涵，为人们留下一种独特的美感。

玉雕作品的艺术美若能从迷离中表达，使赏玉人的感受好似在蜿蜒的小径上悠然前行，即可欣赏到那轻拨云天之后呈现的无上美景。

松月听涛

独山玉

玉神工艺　侯庆军

生动气和

　　苏东坡潜心追求的艺术境界是"欲令诗语妙，无厌空且静。静故了群动，空故纳万境"（《送参寥师》）。动与静是生命韵律的和谐乐章。

　　我们欣赏明代画家徐渭的《驴背吟诗图》：用水墨写出人物与树的影子，甚至用扭曲的线纹画出驴的四蹄。画面生动而富有音乐感，使人仿佛听到了蹄声嗒嗒，感到驴从容前驰的节奏。

　　崇山峻岭中，一缕炊烟、一挂飞泉、一只飞鸟；山重水复中，一片白帆、一位牧童、一行归雁；姹紫嫣红的花丛中，几只彩蝶、几羽黄雀、一阵轻风；浅笑短叹中，几片红叶、一缕清香、几声虫鸣；等等。正是这些动感素材的加入，才使得玉雕艺术作品平添了许多的生机活力、气息情趣。

溪水潺潺传深涧

蝉噪林逾静，

鸟鸣山更幽。

王籍《入若耶溪》(节选)

可以说，南朝梁王籍的这一句诗，是对艺术创作中动静关系的全面诠释。它说明动和静是相辅相成的，动可以赋予静的生命力，静更可以烘托出动的感染力。

一位玉雕艺术家若喜欢夜景中的动、静，可以这样构成妙境：

夜深人静，春山空寂，桂花仍在悄然落地；惊鸟时鸣，更显出山居之静。

动、静的巧妙结合表现出山野的静穆和鸟声的喧腾。

东晋诗人陶渊明在《归园田居》中把这种动中见静、静中见动的手法综合在一起，创造出一种特有的诗境：

> 方宅十余亩，草屋八九间。
>
> 榆柳荫后檐，桃李罗堂前。
>
> 暧暧远人村，依依墟里烟。
>
> 狗吠深巷中，鸡鸣桑树颠。

村宅、草屋，一片寂静，然而院内树木却又不甘寂寞，榆柳护绕后屋檐，桃李栽种在屋前，静中见动。远处村庄，炊烟飘动，深巷狗吠，树顶鸡鸣，动中更觉山庄之静。这种动中见静、静中见动、动静交错的描绘，正是为了表现诗人内心复杂的心情。

南宋马兴祖的《疏荷沙鸟图》，除了精工笔法外，我们能感觉到在阔远的水面上，静的荷叶和莲蓬与动的小鸟之间所表达的生命韵律与和谐内涵。

我们赏析这样的玉雕作品：

> 山峦起伏，白云悠悠，三春杨柳，江山丹霞，如悠悠历史，都付与穹天落照。看近景，湿草弯木，望远景，水天一线，自然流畅。

作品的飞动与收摄，气势与宁静，张弛有度，情愫有别，如水之流，倾泻着作者内心的世界，独具艺术魅力。

我们再读一件这样的玉雕作品：

> 无边缥缈的白云细雾，旷远绵邈的崇山峻岭。悠悠驼队，鸿雁时闻，绿叶阳木，天涯芳草，写尽作者内心的幽静。

整件作品姿态飞动，又极具沉郁之妙，飞动中求顿挫，似有千回万转后的豪放沉雄。

玉雕作品在表现动与静的同时，刚与柔也无时无刻不在呈现演绎着。玉雕大师要善于观察玉色、玉质、玉形，坚持以静待动，以柔克刚的理念，在砂砣铁笔的旋转中，划出美丽的弧线，去征服赏玉人的眼睛。比如，西施浣纱的优雅、貂蝉舞姿的婀娜、昭君出塞的黯然、贵妃醉酒的妖媚，都是玉雕大师表现柔美的经典形式。

中国玉雕艺术追求的是含道飞舞，以达到最舒扬的生命韵律。宁静中求灵动，灵动中求顿挫；或在自然风景中超然自逸，矫若惊龙；或一江春水遇石，急转，呈现出回环之美。静，就是动，动静自然起伏，玉雕大师带给我们的就是去追求一抹生命的清流。

王维有诗曰：

> 明月松间照，
>
> 清泉石上流。
>
> 竹喧归浣女，
>
> 莲动下渔舟。

王维《山居秋暝》（节选）

前两句是天色已晚，皓月当空，群芳已谢，青松如盖。泉水清冽，淙淙流泻于山石之上，一明一暗，一直一缓，清幽明净，优美如画，构成了温柔和谐的自然美。后两句说洗衣归来的少女，在竹林中一路欢歌笑语。捕鱼而还的渔夫，顺流而下，划破了荷塘的宁静，静谧的大自然顿显盎然生机。这种笔墨描绘的自然环境，不仅着眼于景物本身的温柔恬静，而且即景会心，表达了内心的感触和情怀、生命与活力，蕴含着情与景融合的温柔敦厚的意境。

我们构思这样一件玉雕作品：

> 江水滔滔远去，邈远流长，好像一直涌到天地之外；两岸群山在薄雾烟霏中，时隐时现，若有若无。

福彩满人间

松石、碧玉等

一户侯　侯晓峰

朴厚大山是真实

　　这件作品给人的感受是：气势磅礴、伟丽新奇，蕴含着玉雕人对大自然风物的热爱之情，充满着积极乐观的情感。江水两岸的景象温和而柔美，玉雕人的感情真实而敦厚。

　　我们设计另一件玉雕作品：

　　　　秋雨过后，溪水缓缓地流淌，白鹭在清幽的溪水中觅食，不时被溅起的水花惊飞，继而又飞回原处，潺潺细流又恢复了宁静。

　　景，恬静清明，温情而柔和。情，是从心底发生的，是真实厚朴的，含寓在景中。景因情而耐人寻味。

　　"大江东去，浪淘尽，千古风流人物"，苏东坡的词可谓是千古绝唱，豪迈之气，溢于言表。黄庭坚的《念奴娇》自认为"可继东坡赤壁之歌"：

> 断虹霁雨，净秋空，山染修眉新绿。桂影扶疏，谁便道，今夕清辉不足？万里青天，姮娥何处？驾此一轮玉。寒光零乱，为谁偏照醽醁？
>
> 年少从我追游，晚凉幽径，绕张园森木。共倒金荷，家万里，难得尊前相属。老子平生，江南江北，最爱临风曲。孙郎微笑，坐来声喷霜竹。

东坡词有大江东去、波涛滚滚之势，如剑绣土花，中含坚实，既阳且刚。黄庭坚词冷峻幽清，如茶碗炉熏之清香，古松瘦竹之清劲，书册翰墨之清寒，蛛网尘壁之清贫，白鹤扁舟之清闲，既阴且柔。东坡的豪迈精神毛泽东有之且更甚，付之于实践，由此成立了中华人民共和国；黄先生的温柔敦厚之逸气陶渊明有之，就是他笔下的世外桃源。

玉雕艺术表现生动气和的设计构图，我们试举二三例，带着赏玉人以审美意趣试图领悟玉雕艺术的意境，进而获得精神的超越。

玉雕之"视"，构思的理念是人与自然的和谐。

> 玉雕构图或崇山峻岭，山势逶迤，山石静穆，白云袅绕，草木葱郁；或江河奔流，林边旷朗，溪水潺湲，宛如罗带当风。

画面空寂无人，却生机盎然，无不浸染着浓情蜜意，谓之"无我之境"。

玉雕之"游"，构思的理念是人与山水融为一体。

玉雕构图或山间行旅，溪涧问道；或笑傲林泉，一叶之舟独钓；人在自然的怀抱中，自由徜徉，怡然自得。

山水自在，和谐无间，含蓄地表达出一种闲散、安逸、宁静的抒情气氛，一种优雅而精细的趣味，谓之"有我之境"。

玉雕之"居"，构思的理念是思与境的统一。

玉雕构图或天色苍苍，皑皑白雪覆罩大地，天地一色。

洁白厚实的雪犹如棉絮厚被般，春意暖暖的景象代替了荒寒冷风，谓之"情景交融"。

玉雕之"和"，构思的理念是天地万物之间充盈着生气。

玉雕构图或山光水色，滉漾夺目；或林深壑幽，猿声鸟啼；或古亭远眺，烟霞落照。

自然的生命之气，身心的情怀之和，盖言于万物，谓之"生动气和"。

黄甲图
墨玉
悠然居　庞然

黑白精神

　　玉质花色，七彩斑斓。和田玉中的墨玉和青花料，翡翠中的墨翠和冰白黑花，特别是独山玉料中大量的透水白和黑白料等所构成的黑白片玉，无疑为玉雕艺术家构建了探讨黑白之于玉雕审美体系的物质基础。这一黑一白的玉料，经过砂砣的旋转，一刀一笔的琢磨，随性与简单，单纯而朴实，浑厚而率真。在物欲横流的社会，玉人处于五彩缤纷的喧嚣中，心性被各种诱惑牵引、蒙蔽，漂浮于世，加之各个玉雕流派在技法上挖空心思、求奇求新，蓦然回首黑白玉雕这一派气象，眼眸里清新亮丽，智慧隽永，韵味无穷。

　　日出而作，日落而息，这种黑与白构成了人类视觉的基础，人类认识世界的最直接体验，即知白守黑。

　　黑白玉雕就像一支简洁和谐的奏鸣曲，仅用两种色谱便构成明快优美的玉雕艺术语言。

老子在《道德真经》四十二章云：

> 道生一，一生二，二生三，三生万物。万物负阴而抱阳，冲气以为和。

道产生原始的统一体，统一体又分裂而产生阴阳二气，阴阳二气产生相互交合的形态，这一形态的变化，便产生了万物。

在中国玉雕艺术表现中，空白即是空，尚没有被雕琢；而黑处即是已被雕琢出的图形。可见空白的玉质（即无）能生出有（即黑），已雕琢的图形。

把黑白作为独立的玉雕艺术表现因素，创造的玉雕艺术形象和形式几乎与人类文明一样古老。旧石器时代的装饰品和新石器时代的陶器，以及岩画、岩刻等，形象精美，堪称"黑白玉雕"的艺术品，其质朴的语言、简练的造型，在浑厚中带着对生命率真的探求与渴望。

黑白玉雕是中国玉雕艺术特有的一种文化形式，是最能代表中国艺术精神的形式之一。中国黑白玉雕艺术一直受到儒、释、道等文化思想的滋养。

在中国，玉文化发展到西周时期，宝鸡、长安和三门峡虢国墓等地出土的玉佩，其工艺正吻合了这一主观意识：玉器一面坡粗阴线与阴勾线对照应用，与阴双勾或阴勾的视觉效果不同，它宛若中国绘画上的浓墨勾皴，提神醒目。粗细阴线，一实一虚，一黑一白，巧妙配合，碾琢熟巧，线条奔放跌宕，夸张突出，丰富多彩，妙趣横生，给人以简洁明快、潇洒飘逸之感。

放下即青山

中国人曾经试图用黑白两色去实现艺术的最高境界，这在世界上是没有先例的。中国文化的空灵与含蓄，又使中国人对黑白两色的理解最为精辟，最富哲理。中国人最早发明了印刷术，首先在传播手段上广泛地使用了黑白，在凝结了几千年的国人智慧的水墨画中，把墨分为五色，浓、淡、枯、湿、焦，一笔下去既可分虚实浓淡，又有体积和质感。

在中国人心目中，黑是实，白是虚；黑是一切，白则是空灵。

黑白之道同样还展示了"想拿起来就必须放得下"的哲理。不论是黑，还是白，都得放下。人生只有放下了才能给自己的心灵开一扇大窗，窗外可以看到蓝天。从此，人的心中就有了美丽的蓝天和对蓝天的畅想。

试想，清高、远淡、高洁、自然等审美特点落实在玉雕艺术创作上，你会选用什么玉质色彩来表述呢？还是黑白二色。黑白玉雕的本质是返璞归真，天然去雕饰，自然而然，清淡静远，落实在艺术上就是黑白精神，这是中国玉雕以黑白色彩为对立系统的根源。

庄子在《知北游》中说："天地有大美而不言，四时有明法而不议，万物有成理而不说。"天地的大美、四季的交替和万物的变化都有其自然的道理。玉雕艺术的精神就是汲取天地大美、和谐生息的自然之道，升华为艺术家的心灵感悟。

黑白玉雕的出现改变了中国玉雕的发展方向。从多彩的玉色到黑白玉雕的运用，标志着黑白玉雕成为中国玉雕艺术进程的开路先锋。这样一种选择和取向，不能单从玉色、色彩表现的狭隘角度去解释原因，内层的原因则是黑白玉雕从对客体的再现转变到主观的精神需要。

中国玉雕艺术家视多色为对自然生命的遮蔽。是"雕琢小媚"，是"实不足而华有余"。在中国人的观念中，墨玉之色就是无色，以无色可貌尽天下之色。画史上所说的"墨分五色"，从其表面意义上看，是着一墨色，可以表现为红、黄、青、白、黑五色，从其深层看，即由墨色表示五色，五色进而展现天地自然之文章，展示自然生命的绚烂与辉煌。

黑白玉雕的世界是一片冰清玉洁的世界，它具有超凡脱俗的美，它根绝一切俗境，这是玉雕艺术家为自己创造的一个理想世界。在这里，玉雕艺术家们找到了自己的精神家园，找到了生命的安顿之所。

我们欣赏这样一件玉雕作品：

整个玉雕的画面是表现远山的微小草、石，用写实和画家的工笔手法雕琢，或是砂砣轻逸洒脱地表现出山水朦淡的意趣。作品中的花、鸟、树、石浸在缥缈的云烟中，宁静而深沉。

玉雕艺术家雕琢自然生命，集中在一片无边的虚白上，代表着玉雕人于虚白中创现生命。赏玉者感受的是一种微妙的领悟。

"笔如削铁墨如水，冷透须眉见小乘。"不写人流写孤独，不爱葱茏爱萧疏，将绚丽的现实世界凝固成清冷的黑白世界。黑白玉雕的世界是渴望并获得了更高境界的人们的内心世界。

在雄浑的日落景象之后，整个世界开始迅速地褪色，海浪由靛青逐渐变成墨黑，树林也失去了绿色的光泽，整个世界变成了黑白两色，慢慢融入黑暗之中，那是一个朦胧的世界，与梦中的世界及想象中的世界是相通的。

黑白玉雕的"白"有两层意思：

其一是指浮动的烟云。烟云在中国玉雕中有很重要的地位，它流动无形，却又随景应变，幻化出种种意象，于无形之中又有万千之形，为人的想象提供了广阔的遐想空间。烟云最能体现中国玉雕变幻莫测的精神，越是无定形，越是能给人以丰富的美感。

其二是指水。钱松喦在《砚边点滴》中说："借墨色把水的生命永驻。"玉雕之美源自生命，生命孕育来自水的滋养，这也是玉雕大师生命的慰藉。这个"水"则是指玉的颜色、水头，当然也包括玉

温润实在

雕技艺。同时玉雕中表现水包括了玉的透明度和纯净度以及纯色等玉性，这其中最重要的"水"是白色的玉。对一些透明度大的物体的表现，如蝉翼、虾体之类，中国玉雕只能依靠玉性的水分去获得质感，玉雕中的立体感、透明感的形成，往往如缥缈的云烟、空蒙的意象。

　　黑白艺术处理完美的玉雕作品，常带给我们这样一种美的享受——单纯而高雅。

　　中国黑白玉雕的风格、表现内容和灵活运用，产生了多种意境效果。意境是玉韵的意味形式，是人们在生活经验、视觉习惯基础上由感性到理性的体验。如近景使人感到明晰实在，远景使人感到

行云流水不觉飞

虚幻缥缈，因而在玉雕中，当人们看到浓而润的墨玉时就会想到近景的温润实在，看到虚而淡的墨玉时就会想到枯藤老树，这种感觉和联想的意味形式就是"意境"。一般说来，虚而淡的墨玉清晰明快、柔素雅逸、空远清浮；浓而润的墨玉滋润雅静、清润丰秀、湿润华滋；虚而浓的墨玉厚涩古朴、浓郁苍浑、荒古苍茫。无墨玉时之白玉，表示无限之空间，给人以清新、神秘莫测之感。

黑白玉雕的艺术源泉来自大自然。自然永远是智慧之心的灵感源泉，自然是智慧永恒的"物镜"。天地、日月、山岳、流水、花草、树木，太阳与月亮的升落，庄稼周期性的生长，任何事物都存于量、质、体态的变化，这些触发了情感，任何司空见惯的物象形态都蕴藏着艺术上的灵气，对待物象形体要用非常严谨的刻线去塑造形态，把握局部的肌理、整体的穿插与衬托，及量与质的情致表达。

从黑白的理念到黑白的审美情感，再到黑白艺术精神的确立，华夏祖先经历了漫长的文化创造过程，黑白艺术精神终于成为东方人文最主要的精神之一。

我们喜欢黑白玉雕，中国玉雕艺术家从这博大精深的传统文化中汲取丰厚的沉积和精神内涵，那独特的造型语言，看似悖于常理，又在情理之中，仿佛没有技巧的技巧；那随意洒脱的风格，无不散发着浓郁的乡土风情和率真的个性气质。

学业有成

墨玉

文同轩　范同生

　　王羲之云："山阴道上行，如在镜中游。"苏轼的《赠袁陟》云："是身如虚空，万物皆我储。"前辈们说的都是精神的超脱，要达至妙境，只有心处静境，才能摆脱动境的干扰，才能洞察万物的纷纭变化；只有内心虚空，才能不为成见所蔽，才能空纳万般妙境，闲逸才有空静，空静才有妙境和远韵。

　　玉雕艺术家要做到精神的超脱，需要有丰富的个人经历和对万物进行深刻的洞察，主观上还要追求"高风绝尘"的审美趋向。

　　苏轼的《涵虚亭》曰：

　　　　水轩花榭两争妍，

　　　　秋月春风各自偏。

　　　　惟有此亭无一物，

　　　　坐观万景得天全。

在我们看来,"空"使苏轼的审美心灵走向了"自得"的境界,"自由自在"出神入化,达到了"空山无人,水流花开"的境界,达到了物我合一的意境。所以,我们说的玉雕艺术的空灵美,是一种淡然的心境,是一种君子的风度。

短暂的人生之旅,如白驹过隙。从呱呱坠地到回归本真,不过百年。日月运行,风云变幻,来去匆匆。玉雕艺术家需要从世俗喧嚣、物欲横流的红尘中走过,为心灵开辟一方净土,为生命点燃一盏明灯,进入大觉悟、大转机、大自然的悠远境界,去体验"空灵之美"的无限意味和情趣,去体验"空灵之美"独自享有的超然。

空灵于诗,是一个自然的境界。王维的"空山不见人,但闻人语响"，韦应物的"春潮带雨晚来急，野渡无人舟自横"等，所抒发的都是诗人那种不被打扰、与自然对话、摆脱了世俗喧嚣繁杂的心境，这种心境又都包含在了"空"中，把人引入了一个忘我、无我的崇高状态，使人的心灵得到了充分的净化。

空灵于禅，是一种"静趣"。

《坛经》中禅师慧能说：

> 菩提本非树，
>
> 明镜亦非台。
>
> 本来无一物，
>
> 何处惹尘埃。

"空灵"体现了"禅宗"解脱之后的生活态度和生活情趣。有着禅趣生活的人，用审美的眼光看待世界，从而享受"现在"，回到人类的精神家园。

玉雕飞天就表现出了超脱尘世的快乐人生观。在玉雕飞天的世界里，是一片乐天、乐空和乐土。飞天的意义不仅是佛陀的栖托，更是对生命意识的理喻。

又如倪云林云：

> 兰生幽谷中，
>
> 倒影还自照。
>
> 无人作妍媛，
>
> 春风发微笑。

兰生幽谷，倒影自然，孤芳自赏，悠然自得。

对于玉雕艺术而言，空灵是一种崇高的美学境界和人生境界。从玉雕创作角度来说，正如玉雕艺术所追求的空谷幽兰的境界一样，玉雕大师的心中须有这一株在大山深处独放的兰花，虽阒寂无声，微不足道，可它散发出的淡淡幽香，雅淡而悠长，自在而永恒。

玉雕大师若要达到似淡若浓、自在开放的空灵心态，少不了要进行长期的生活锻炼，体味深刻的生命本真，积累丰富的生活经验，培育渊博的学识根基。守住寂寞，宁静致远。心理的成熟、道德的升华，可使胸襟开阔、视野高远、悟性觉醒，精神世界由此空灵起来。对于玉雕艺术家来说，这时其艺术造诣开始步入炉火纯青之境，作品也能自然体现空灵之美。

这世界是空灵的，用晚唐杜牧名句来比：

青山隐隐水迢迢，

秋尽江南草未凋。

二十四桥明月夜，

玉人何处教吹箫？

杜牧《寄扬州韩绰判官》

柔婉清秀，空灵优美。玉雕艺术的田园回归派与写实主义者的创作心境亦应如是。

刘勰在《文心雕龙》中说："写气图貌，既随物以宛转，属采附声，亦与心而徘徊。"这里的"随物以宛转"和"与心而徘徊"则彰显出审美主体积极运化，消弭心物二元壁垒的努力，最终实现心物交融合一的境界。若延伸到玉雕艺术之山水玉雕的心物关系上，则

心灵映万象

正如宗白华所说："艺术家以心灵映射万象，代山川而立言，他所表现的是主观的生命情调与客观的自然景象交融互渗，成就一个鸢飞鱼跃，活泼玲珑，渊然而深的灵境。"从"心物分际"的状态，达致"心物一体"的高度，色空观揭示出玉雕艺术回归宇宙的艺术境界的升华过程。

我们从中国画留白的意义上，简单谈一点艺术的空灵美。

中国传统绘画形式在某种程度上体现了中国文化的独特性，具有典型意义的是画面中表现天、地、水等色调的空间通常都是不着一笔一墨，而是以大片留白加以体现。这空白处虽空无一物，却又承载着天地自然这样辽阔无垠、充满性灵的所在，意蕴隽永。

中国画留白是形式美中最重要的表现手法，它有文学的言外之意，

行云流水不觉飞

音乐的弦外之音，虽无形却有形，不是虚无之境，而是一种藏境的表现手法。

常常有人把"留白"简单地看作是设计作品中的空白、文字作品中的省略号、雕塑作品中的残缺、音乐作品中的休止符。在笔者看来，中国画留白是一种气，一种气脉，一种气局。

中国画的留白深受"色空观"的影响，表现出了内涵深邃、耐人寻味、令人心旷神怡的空灵，从而更加丰富了中国画的表达技术及超凡脱俗之美，以至于出现了许多以"空观"为主导的构图形式，如留白、透气，疏可走马、密不透风等。南宋梁楷的《太白行吟图》，只在画的中心画一人物，周边却大面空白，从而勾勒出李太白仙风道骨般的气韵。他口唇微启，侧面慢走，显露出且行且吟的沉醉神态。衣褶间的空白密则密，疏则疏，宽大衣袍用灵动肆意的线条几笔便勾勒出来，人虽在画内，但他的心却活跃在画外，予人以无尽的联想。

中国画讲究舒卷开合，舒放开来。这种气运之妙就赋予了安静沉稳的中国画以生命的活力，产生了画中的动感与动势。如元四家之一倪瓒"一河两岸"式的山水格局中就有大量的空白表达，水天一色，天地相接，纤尘不染，意境深远。

中国画追求的留白构图形式，给玉雕艺术创作以启示：在有限的艺术形象中可以凸显出无限的艺术内涵，使形象本身更加丰厚和真实，从而达到由近及远、以有限昭示无限、以瞬间显示永恒的艺术魅力。

老子言："有无相生，难易相成，长短相形，高下相倾。音声相和，前后相随。恒也。"这也许是对"空色转换"的最好解读了吧。因此玉雕作品中以大量画面而不着一刀来代替一片天空、一池春水或一抹远景雾霭的象征手法，不仅开拓了玉雕作品中画面的意境，而且能带给赏玉人更多的象外之象、弦外之音、画外之境，发人深省，回味无穷，彰显出玉雕艺术的无穷魅力。

我们也来说一点青瓷的空灵美。

性本素活的青瓷，是中国传统文化底蕴的外化。如秋水的釉色，素净单纯，含纳了一种纯粹，一个青的世界。出世的青瓷极富美感，令人观想到意蕴，听闻到禅音。

自两汉原始瓷器以来，"如冰似玉"的青瓷作为器物的一种审美情结、一种生活态度，形成了审美的寄托。独立存在的单纯釉色，吸引了唐代的将相、北宋的文人、明清的雅士。人们从青瓷作品中，找到了空山新雨的世界，这世界是无的世界，太虚渺渺的世界，茫茫无碍的世界，用最纯净的语言将器物的时空发挥出一层生命的物象。

玉的世界，冰清玉洁。和田玉的白玉、青玉，翡翠的冰种、油青，独山玉的冰白、透水白等，白白冰底，青青素地，无可沾染，具有"本来无一物，何处惹尘埃"的禅韵，无须雕琢或少许琢磨，尊重玉石的语言造就的玉雕作品，可能没有纹饰，抑或造型简单，在纯色玉质和少雕刀工的作用下，形成了曲水流觞、寒冰破晓的出世情怀，成就了意境深远、大道至简、美玉天成的玉雕艺术作品。

从无生命的本体到有生命的观想，玉雕艺术之所以为世人所痴

如意蒜头瓶

白玉

春风德玉　张春风

迷，完全是因东方的、带有禅韵的雕件已成为一份情感的寄托所致。这是高处不胜寒的寂寥，是千山鸟飞绝的横亘。由此，素面微琢的玉雕作品所呈现的自在之境，就是生命回归本源的素地。

玉雕的素活，纯净素地，本来就是一种解脱，本质在于内心的寻找。在可触的玉雕中，想到了生命的本来，找到了本我的心性。

玉雕作品纯洁的玉质和简洁素活的审美，在于一种思悟。这种玉雕不具备装饰性语言，没有具象的表达，没有抽象的画面，也没有砂砣铁笔留下的刻线语言。单纯至极的艺术作品，不正是禅宗"不立文字"的体现吗！

禅宗的"不立文字"，在玉雕艺术中表现为文化面貌，新石器时代玉器的地理文化特色更为显著。各考古学文化中的玉器虽有文字语言，但在玉质、器型、纹饰等方面也具有鲜明的地理文化特色，即造就出不同的玉文化形态。如红山文化的玉猪龙、勾云形佩，良渚文化的神徽，仰韶文化的玉铲，齐家文化的玉琮，龙山文化的玉人等。这些不但构成了玉雕材质的多样性，而且玉雕风格与文化内涵相异，它们表现出的显著特征是：简括、粗犷、空无。

玉雕的"不立文字"与玉石的自然肌理产生着共鸣，传达出自己的声音，淡泊宁静，清远澄净。

中国玉文化血脉的延续，是一种玉的精神，一份不谙世事的纯真，一处超脱红尘之外的静和之地。

一件玉雕，可以听到婉转的鸟鸣、看到山涧的溪流。这个似空非无、默而无声、花开花落、自然而然的世界，是大自然本来就有的真实存在。

行云流水不觉飞

我本性真

"淡"是涵盖万有的空，"远"是平淡而味长。

我们以欣赏的目光来看佛陀世容，石窟艺术中的雕塑是其审美形式，其美的理想是飘逸自得，彰显的是异常宁静的佛性。从云冈早期的威严庄重，到龙门、敦煌，特别是麦积山成熟期的秀骨清相、长脸细颈、衣裙繁复而飘动，那种神采奕奕，飘逸自得，似乎去尽人间烟火气的风度，形成了中国雕塑艺术理想美的高峰。（李泽厚《美的历程》）中国玉雕艺术表现佛祖，其气氛和情调可以定位为：佛的智慧形象、轻盈的线条旋律、超脱的飘逸风度。这同时也构成了北魏时期雕塑的基本美学特征。

人们欣赏敦煌莫高窟的壁画，无不为飞天的意象世界和卓绝的艺术魅力所震撼。杜道明先生在《盛世风韵》中评说："初、盛唐的飞天，是青春和健美的化身。她们面容饱满而气度洒脱，形貌昳丽而气势流走，婉转的舞姿纯熟优美，让人仿佛觉得她们轻柔健康的躯体内奔流着血液的潜流，一举一动都显得那么充满活力，风度不凡。""无论是张臂俯卧作平衡的回旋，还是随着气流任意飘荡；是双手胸前合十，还是侧体婆娑起舞；是冉冉升空，还是徐徐降落，都那么婀娜多姿。加上众多的飘带随着风势翻卷飞扬，宛如无数被拽动着的彩虹映在蓝天，从而把飞天最为动人的一瞬间恰到好处地表现出来。"

玉雕大师要更多地传承唐代这种含蓄淡远的美学风貌，玉雕美的设计造型，或轻盈华美、婀娜多姿，或娟婵春媚、云雾轻笼，或高谢风尘、清逸洒脱……玉雕作品应风流潇洒，亭亭玉立，流畅而轻快，神奇而永恒。玉雕大师的审美心理就是这种艺术趣味。

艺术是现实生活的反映，是玉雕作品的艺术内核和灵魂。我们以《天净沙·秋思》的意境来阐述：

> 枯藤老树昏鸦，
>
> 小桥流水人家，
>
> 古道西风瘦马，
>
> 夕阳西下，
>
> 断肠人在天涯。

经典元曲妙在何处？意象的虚化是深层原因。藤、树、鸦、桥、水、人家、道、风、马、断肠人、天涯，这些"实在"的意象，都

行云流水不觉飞

着气
流任
意
飘
荡

有很大的"虚"的空间，因为诗人并没有道出枯藤是什么样子，是曲折徘徊的老藤，还是瑟缩苍老的老藤，还是虽枯犹昂然、淡泊沧桑的老藤。读者头脑中所想的这"枯藤"，可能是一种模糊的影像，也可能是一个完整的丰满形象。一千个读者心中有一千株别样的老藤，这就是虚。这个虚，有着丰厚的意象背景，是虚的又是实的，从而能够激起人们原始共鸣的意象魅力，是人类共通的情感在历史传承里响彻的回音。

玉雕作品，写实是一种美，写意又是一种美，写意玉雕的美感反而更多出一种超凡飘逸之美。

中国玉雕艺术世界里空灵悠远的美景，使玉雕艺术家的灵魂和赏玉人的思绪在静穆空明中产生默契，发生交融，碰撞出共鸣。

玉雕艺术之美由空灵产生，而人生因空灵以致静气，静气方可平心，平心才能致远。

空灵的精神可使无景处都成妙境。

雕一条生动的鱼在水白或清水玉上，别无一物，会令人感到整个玉雕画面满幅是水；刻一枯枝横出，突兀一鸟，别无所有，但砂砣柔和的线条之神妙，会令人感到环绕这鸟的玉石画面是一个无垠的世界。

这是一片灵境，这是一片神境。

大乐任逍遥

白玉

一户侯　侯晓峰

陆

白云飞度生命安

空灵的世界
心中无一物
装得下万千
从容于大道

无限的空间，是空；

无形的空间，是灵。

玉雕艺术的妙境，

在空灵唯美的精神家园里呈现，

沉厚、渊深、虚实澄澈，

这就是万千世界的斑斓景致。

玉雕艺术青山不老，

那必是玉人生活的世间没有烟火。

观水波轻漾，清浅住心，世俗就没有功利。

任世事沧桑，从容淡定，生命细润温香。

悠远敦煌

　　走进敦煌，那丝绸之路的繁华、佛国净土的瑰丽、边关冷月的凄清、大漠孤烟的悲怆、鸣沙山与月牙泉的浪漫……一一扑面而来，一次次撞击着我的心灵。

　　走进用石头雕刻的艺术殿堂，石窟中的每件作品、每个故事都带有起起伏伏的沧桑，犹如穿越历史的苍茫，色彩闪动，梦幻缥缈。我的灵魂也犹如月牙泉水一样，仿佛在尘世中豁然清纯，由颤动的心境转变为周身的爽凉。我知道，这不是神灵的作用，因为我活在现实社会里；我知道，这不是信仰，因为我不是佛教徒；我还知道，这不是梦想，这是一种沉睡了一千多年如今已完全苏醒并且绽放的文化音符在叮叮咚咚地敲打着我的心灵，我被震撼了。因而，我要把心灵的感受向大家一一道来，让我们共同享受这一中华民族的文化盛宴。

敦者，大也；煌者，盛也。盛大繁华的敦煌，铭刻着历史的大名。走进敦煌，迎面而来的是肆虐的风沙，漫天黄尘，瘦裸的山脊，干涸的沟谷。可这一切并没有遮住飞天曼舒广袖的优雅、雄放与精美的历史。关河冷落，而敦煌却依然绽放着绚丽的光彩。

对于我们中国人来说，敦煌不仅仅是个地理名词，它是人类的文化产地，一个精神坐标。因为敦煌铭刻着中华民族的文化记忆，成了代代相传的文化基因。

走进敦煌，你能看到曾经的文化盛宴，你能听到早已失落的文化音符；走进敦煌，你能窥视到星空下悠远的历史，你能感受到这是灵魂与美学交织的艺术殿堂；走进敦煌，你会觉悟到人可以不需要欲望，只有一个精神家园就行；走进敦煌，你会觉得莫高窟睡了千年不曾醒来，仿佛自己也进入了这永不醒来的梦中。

作为商贸重地的敦煌早已淹没在漫无天际的黄沙中，今天的敦煌已是中国历史文化名城，莫高窟已成为世界文化遗产。国学大师季羡林先生说过："世界上历史悠久、地域广阔、自成体系、影响深远的文化体系只有四个：中国、印度、希腊、伊斯兰，再没有第五个；而这四个文化体系汇流的地方只有一个，就是中国的敦煌和新疆地区，再没有第二个。"

荒凉的沙漠戈壁中，敦煌何以成为令世人刮目相看的文化中心？

敦煌处于丝绸之路沿线的要害之地，被称为"丝路重镇"，成为中西交通的"咽喉锁钥"。丝路的起点从长安出发，一路经兰州、武威、张掖、嘉峪关来到敦煌，之后便分成三路，分别经哈密、吐鲁番和若羌进入中亚而至地中海和欧洲。显然，从长安东来者出发后，不管有多少路可走，经过河西走廊的集拢，到敦煌就都汇于一点了，尔后西去，过了敦煌这个关口，才有不同线路的选择。

敦煌担负起中西文化交流的重任，较早接受了发源于印度的佛教文化，以及西来的西亚和中亚文化，并以宽广的胸怀接纳了风格迥异的文化形态，在兼容并包的基础上进行加工、融合，最终成就了瑰丽的敦煌文化。

你挟裹在熙熙攘攘的人群中，来到了莫高窟，历史仿佛又重新打开了大门：剽悍的胡骑、吹羌笛的汉卒、虔诚的僧侣、络绎不绝的驼队和远道而来的使者、传教士及文化僧人。

莫高窟与生俱来的华美、绚丽和神秘的气质，让人痴迷。那片呈现带状的石崖峭壁上，高低镶嵌着无数的洞窟，无比壮观，无限神秘。来到千年洞窟，那一尊尊观音佛像，一幅幅讲经图、飞天图、壁图，好似在向你诉说昨天的历史、昨天的沧桑。这沧桑中的玄美，玄美中的大爱，一句句，一天天，一年年，不停地讲述，你会被召唤，你会顶礼膜拜。

在那里，你会明白，人是应该有所敬畏的；

在那里，你会明白，人是应该有所信仰的。

要不然，你怎能明白路边的广告词——"只有荒凉的沙漠，没有荒凉的人生。"体验了沙漠戈壁的荒凉，感受了莫高窟的华美绝伦，我们似乎明白了一切：莫高窟是祈求上苍庇护的精神驿站，是与神灵对话的灵魂居所，是守护沙漠戈壁的心灵绿洲，是代代延续的生命直面沙漠的无边寂寞和亘古辽阔后作出的最本质的思考。

敦煌最打动我的是莫高窟。在幽暗的洞窟里，我的目光游走在雕塑和壁画上。站在佛像面前，我好像被带进了一个光芒四射、剔透明亮的梦境中。那颜料、画笔和雕刀表现出的一尊尊造像和一幅幅壁画，仿佛打开了历史画卷，叩到了历史的脉搏。浓艳炽烈的色彩、灵动飘逸的线条、精心布局的画框，使我隐约见到了千百年前神情飞扬的神佛、多姿多彩的民俗、纵马荒漠的马背民族。他们原汁原味的存在，让我体验了丝绸之路广袤博大的精神气质和文化特征：庄严肃穆的佛祖和欢快腾跃的生命。

洞窟中给我印象最深的是轻盈灵动的飞天和场面浩大的讲经图。

满壁生风的飞天尤其吸引眼球，她的传说由来、她的使命及她轻盈的身姿和飘带，使沉重的洞窟陡然开阔。众多大幅的讲经图，或以肃穆，或以明快的形式，向虔诚的信徒，向大漠的子民，滔滔讲述着佛教的经典，或哲学、道德，或文学、美术，或民俗，默默地将中国传统文化的精髓向后人播撒。

遥想古代的先哲，他们的学说极其朴素，表述简单却引人入胜，发人深省。洞窟中的壁画就以这种通俗易懂的方式向世人传递着智慧，深刻地影响着当时的中国社会。

今天，面对浩繁的洞窟及其壁画和藏经洞的文书，这一远去的神圣光环渐渐成为少数人研究的学问。我们难道不能亲近神佛，捕捉他们的灵光思维？当然能！发现兴趣，满足乐趣，化繁为简，深入浅出，剥离繁杂，遴选精华，就可窥一斑而知全说，含英咀华，体尝中国佛文化的魅力，碰触佛教思想的火花。

抬头望着窟顶的壁画，犹如仰视浩瀚的璀璨星空，走出一个个、一群群剽悍的党项人、拿着弯刀的吐蕃人，你会觉得你的耳中、眼中和心中盛不下这种恢宏浩大，你会比任何时候都觉得人的渺小。

以壁画形式讲述的佛教经典，是打开佛家思想精髓的大门。那里有佛学故事、生活寓言，或深奥，或浅显，或欢畅，佛教的人生智慧启迪人们忘掉外在嗜欲，破开自己的囚笼，直悟生命的本真。

走出洞窟，我似有所悟，佛家思想在漫长的历史进程中影响了中国文化的发展，其寓意深远。了解敦煌、解读壁画，就可使大众领悟佛家思想的朴素、平和，从而净化、安定我们的内心，以期让我们以澄明、透彻的心境对待生命，还原喜乐自在的人生。

我是以一个游人的身份去的敦煌，我知道这一生必须得去一趟，虽不能说去莫高窟能阅读生命中不曾读过的厚重历史，虽不能用生命去追随这一文化圣地，但走进了敦煌，你知道了人文关怀；你去过莫高窟，你知晓了中华文化的博大；你再触摸敦煌，你的心灵就如沙漠戈壁上的绿洲，清纯而宁静，你会感到心灵的安宁、生活的美好。

世界遗产委员会对莫高窟作出评价："莫高窟地处丝绸之路的一个战略要点。它不仅是东西方贸易的中转站，同时也是宗教、文化和知识的交汇处。莫高窟的 492 个小石窟和洞穴庙宇，以其雕像和壁画闻名于世，展示了延续千年的佛教艺术。"

敦煌石窟艺术中数量最大、内容最丰富的部分便是壁画，敦煌石窟是我国也是世界上壁画最多的石窟群，被学者称作是"墙壁上的图书馆"。敦煌壁画画作时代从十六国到元代，以中国传统的线描和晕染相结合的手法为主，无论是十六国的古朴典雅、北魏的飘逸清秀、北周的圆浑明暗，还是隋代的丽雅精细、唐代前期的灿烂辉煌都可在此找到，其中以盛唐时期的水平为最高。

飞天是敦煌壁画中的典型艺术形象，凭借飘逸的衣裙、飘带凌空翱翔，把洞窟装扮得满壁风动。敦煌早期飞天多画在窟顶平棋岔角、窟顶藻井装饰、佛龛上沿和本生故事画主体人物的头上。到北魏时期，飞天所画的范围已扩大到说法图中和佛龛内两侧。十六国北朝时期的飞天体现了明显的西域样式和风格，健壮而笨重，有男性特征，飞动感不强。而隋唐时期是飞天艺术发展的顶峰，完成了飞天形象中国化、民族化、女性化、世俗化、歌舞化的过程，飞天在鲜花和流云的衬托下翱翔太空，千姿百态，让人仿佛能从那舒展的身姿上看到那欢快的灵魂。

敦煌洞窟的主角并非壁画，而是彩塑，彩塑通常位于洞窟正中，壁画只是用来陪衬烘托彩塑的。因石窟开凿在砾岩上，不宜雕刻，故敦煌石窟采用泥塑的传统方法来塑像，既有三十多米高的巨像，也有十几厘米的小像，其题材之丰富和手艺之高超，堪称"佛教彩塑博物馆"。

敦煌彩塑和四壁的壁画交相辉映，相互衬托，互为一体，相得益

白玉
福引佛至
一户侯　侯晓峰

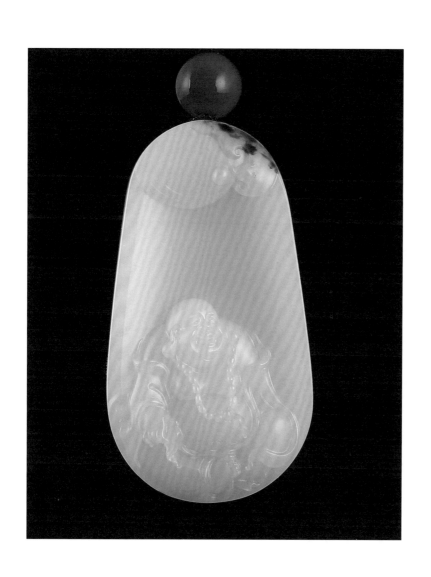

彰，既达到了整窟艺术的统一和谐，又衬托出塑像在窟中的主体地位。

以敦煌莫高窟为代表的中国壁画艺术，作品众多，源远流长。这些艺术瑰宝，造型简练、夸张、生动有趣，构图布局无拘无束，画幅多规模宏大，散发着先民纯真、稚朴的原始艺术魅力。

玉雕与莫高窟壁画的关联，主要表现在构图上。特别是早期的风格比较粗犷，不强调细致刻画，以大而整的笔法绘制，衣服、飘带多用直形与弧形的结构来表现。构图采用散点、平列的形式，极富装饰效果。

例一，第 428 窟《萨埵那太子本生图》：

山形有大有小，不受其自然真实和透视法则的局限，概括而洗练，虽有程式化，可装饰趣味浓厚；形象的主次关系，夸张且人格化的人物、故事，和谐完整。

例二，第 276 窟《佛祖说法图》：

虽大部分画面溃落，但菩萨与迦叶的画面还较完整。

迦叶拈花持钵，立于莲花座上，形体清瘦，面部有皱纹，神态持重。菩萨持柳枝净瓶，身长高于弟子。人物比例准确、协调，姿态端庄安详。

特别提示：菩萨一条腿微曲，重心在另一条腿上，形成自然倾斜的姿态；袒露右肩，着僧祇支，腰束锦裙，有波斯风格的织锦花纹形成了特有的风姿。

例三，第 220 窟《西方净土变》中的飞天：

这是初唐时期的壁画。舞乐飞天，灵活生动，飘带简练，

灯火辉煌，歌舞翩跹。飞动的身姿，矫健如风，且各飞天肤色不同，这表明当时丝绸之路畅通，彰显出了大唐帝国的文化风貌。

张彦远在《历代名画记》中的描述，使悠远的敦煌壁画艺术又走到我们面前：

> 名手画工，
>
> 有同兰菊，
>
> 丛芳竞秀，
>
> 踪迹布在人间，
>
> 姓名不可遗弃。

敦煌佛影

白玉

文同轩　范同生

那一天，我闭目在经殿的香雾中，蓦然听见你诵经中的真言；

那一月，我摇动所有的经筒，不为超度，只为触摸你的指尖；

那一年，磕长头匍匐在山路，不为觐见，只为贴着你的温暖；

那一世，转山转水转佛塔，不为修来世，只为途中与你相见。

仓央嘉措《那一天》（节选）

感谢梦想，否则我可能永远不会零距离地接触西藏的梵天与净土，永远不会体会到当生命赤裸裸地暴露于原始荒野所展示的韧性与力量，我也永远不会明白灵魂震撼是怎样的一种境界。

米兰·昆德拉在《生命中不能承受之轻》一书中

说过："我们常常痛感生活的艰辛与沉重，无数次目睹了生命在各种重压下的扭曲与变形，'平凡'一时间成了人们最真切的渴望。"我是一个平凡的人，一直在追求这样的平凡。来到拉萨，来到西藏，你也会体会到真正意义上的平凡。

不知从何时起，心灵无形中蒙上了岁月的尘埃，精神也因所谓的生活而蒙羞，再也看不出真实的自己，看不出真实的自己是否曾闪耀过光芒？

我多想洗去尘埃，换自己一个清纯，来到西藏，我整日沐浴在清纯之中。

西藏一直真切地吸引着我，我梦想着像一只小鸟在喜马拉雅山脉中自由自在、东来西往地飞翔，偶尔歇歇脚，或在雪山顶上遥望蓝天，或饮一口雅鲁藏布江那凉爽而圣洁的水。

我很想炫耀，因为大美的西藏足够我炫耀一辈子。

我很激动，因为神奇的西藏带给我的震撼久久在心中回荡……

我们坐飞机从贡嘎机场起飞后，一路俯瞰大地，舷窗外的阳光毫无遮拦地洒满大地，刺眼而炫目，火辣得让人不敢正视太久，朵朵白云下是雪山、峡谷、湖泊、河流，一眼望下去，清晰可见。在离咸阳还有两万米的路程时，飞机已下降很多，可我们的眼睛看到的天空却是灰色的。我不免产生飞行员还怎么开飞机的担忧，有人告诉我，飞机是自动挡的，可以盲飞。飞机落地了，走下舷梯，眼前的天空被雾霾所笼罩，空气中有股酸臭的味道，几乎让人窒息。我们不约而同地发出了感慨："我们回去吧，没有阳光而且污浊的空气让我们怎么活呀。"

在拉萨、林芝、日喀则，我们谈论最多的就是天空和阳光。

在西藏的阳光下，我们得到的最好的礼物是蓝天，透明的蓝，有时还有朵朵白云。有人说，上天造物时专门给西藏留下了这么一片天，它让西藏靠近天空，用大山阻挡住外面世界的侵入，这就为我们保留了最原始的天。有人说，西藏的蓝天是海洋的颜色，我们看到的天空是蓝的，纯粹的蓝，蓝得极致。看到西藏的蓝天，你不会因忧郁的蓝色而神伤，它会让人无比愉快，让人随心所欲，抛开一切烦恼。

在西藏，你的眼睛有了用武之地，一眼望去，碧空蓝天，好似能把天看透；在坦荡的原野上，你可以纵横千里，除了雪山，没有人为的阻隔。

我曾坐在沙滩上，闭上眼睛，嘴里嚼着一根嫩草，听着雅鲁藏布江江水流向东北。水流的哗啦声，是那样清脆，那样令人心静，这分明是太阳的味道，是太阳的声音，面前流淌过去的水，带着太阳的光辉，流淌进我的心灵深处。

我们去哲蚌寺，和一位老喇嘛交谈，得知眼前美丽无比的酥油画就是他的杰作，心中顿生敬意！此刻，我们的心也如这热情的太阳，放射出万丈光芒。

最难忘的还是遇上了一次太阳雨。在松巴措游玩，我们刚下车，天上就下起了淅淅沥沥的小雨。雨中的湖面上细雾蒙蒙，远山在雨中缥缈，犹如仙境一般。我们任由细雨打湿衣裳，也要享受这浩渺烟雨。这会儿，身上开始有凉意，可已无暖衣可穿，霎时，天空突然开始降下鹅毛大雪，零下四摄氏度的温度对我们这些人来说是难以忍受的，大家纷纷往车里钻，五分钟过后，一缕阳光照耀大地，我们踏着雪水，在金色的雾蒙中欣赏这难得的风光。好温暖呀，好刺眼的金光啊！感谢西藏，感谢阳光，让我经历了"一日有四季，一时有四季"的神奇魅力！

我要说，色彩是西藏最原始的审美形式。在西藏的日子里，让我明白了，藏文化的底色是白色，藏族是一个崇拜白色的民族。

我想，假如你是那曲的牧民，你的脚下覆盖着 40 多万平方千米

观音 水晶

传习玉坊 王东光

的皑皑白雪，生活的每个角落都流淌着消融的白雪时，你就会对藏民处于冰天雪地中、拜倒在雪山下产生无比的敬畏。

你们看，一座藏式木门上，画着白色的太阳和月亮图案；

路边的石壁上，画着白色的梯子；

吃的糌粑、喝的牛奶是白色的；

大昭寺、萨迦寺的主持给我们献上的是洁白的哈达；

你往天上看，白云下是山峦顶上的皑皑白雪；

神圣的寺庙、普通的民居涂抹着白色。

由此，当你真正融入西藏，你就会知道，白色是西藏最高贵的颜色。白云在蓝天上轻轻舞动，白云之下是地球的最高处，那里有终年不化的积雪闪着银色光芒。

有一首藏族情歌是这样唱的："哈达不需要长，只求洁白质纯；朋友不需要多，只求忠诚之友。"姑娘答道："在洁白的碗里，盛有洁白的奶子，我的心诚与否，请往碗里看看。"

曾有外国人形容西藏是一片被白雪覆盖、时间停滞的香格里拉。藏民族的生活、命运与白色紧密相连，雪山、冰川、白云、羊群、乳汁、酥酒以及白色的藏袍、帐篷、毡等。

到了拉萨，你可能不去布达拉宫，但当你抬首，不论从哪个方向看都会看到这个主体外观是白色的宫殿。

布达拉宫是世界上最高、最壮观的宫殿，是西藏的标志性建筑。过去的拉萨只有巴掌大小，城区以布达拉宫、大昭寺和八廓街为主，其间散布着大大小小的园林。布达拉宫位于海拔 3770 多米的红山之上，与山浑然一体。她本身相对高度115米，殿宇楼阁近千间，建筑面积一万平方米。她高高在上，俯瞰苍生，显示着无上权威。

从林芝回来走到拉萨河边的时候，我一次次目不转睛地遥望布达拉宫，怎么看也看不够。我总是觉得，布达拉宫好似一位藏族老人，她静静地坐在那里，布达拉是她宽大的衣衫，红宫是她晒得发红的脸庞。我来了，来到了我梦中的西藏，你的白色温暖了我的生命，我有些激动了。

除了白色，藏文化的另一主流颜色是绛红色。所有的寺庙外墙有很大一部分被绛红色覆盖，大昭寺、哲蚌寺、色拉寺、扎什伦布寺、萨迦寺等一概如此。连藏族僧人的袈裟也是这样的颜色。

来到西藏，藏文化中的色彩会让人激动不已，因为西藏堆砌着色彩，金顶、经幡、玛尼石一排就是几千米，上面有一束五彩的经幡如火焰般跳动，偶尔能见到野牦牛，我一下子倾倒了。一位旅游者说，我认为鲜艳的色彩太脂粉气，只有淡淡的浅蓝色才像行云流水，让人无拘无束。直到现在我才明白藏族人民实在是用彩的高手，他们能将那么多我认为很土气的颜色组合得那么浓重热烈，扣人心弦。牧羊女箍起的辫穗、小阿哥背起的小挎包、老阿妈系于腰间的羊毛裙、不经意间流露出的半截门帘——随处可见那鲜艳的色彩在肆意流淌。我想，唯有如此，青藏高原才能真正长舒广袖，鲜活律动起来吧。一位作家这样写道：土黄色的村庄。白色的村庄。全是描着黑边的窗子。强烈、鲜明的反差而又朴素、简单、立体感，近乎只有一种色彩。这是塞尚的世界，而高更会在这里找不到色彩。

一叶如来

水晶

传习玉坊　王东光

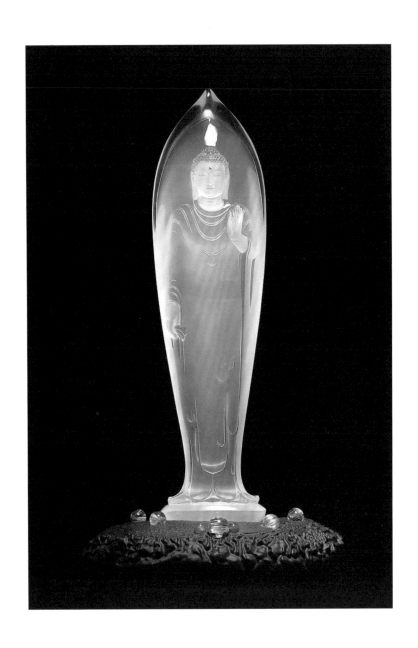

山冈的某一部分会突然呈现为金黄色，而本色是灰调的，犹如伦勃朗创造的光。

在西藏，走一走，看一看，你也许会碰上一个牧女，穿着红色的衬衣，黑色的长裙，甩动白色的袖子，腰间系着五彩的氆氇，全身挂满红宝石、绿松石，或许，她的脸蛋儿还显现着两块红红的颜色，如红日，可以说，她们身上汇聚了世界上所有的颜色，她们让单调寂寞的原野猛地生动活泼起来，原来我们可以这样在天地间活着。

去西藏，游一游，望一望，随处就可以领略到大自然的神奇美景：蓝天下，白云朵朵；山顶上，白雪皑皑；山腰间，铺满盛开的杜鹃花；山谷下，清澈的小河水哗啦啦地流淌；河流两侧的台地上，各种小草翠绿盈盈，野花飘香。我们常说，十里不同天，我却要说，在林芝，就是一里不同天。蓝色的天、白色的云和雪、粉红色的杜鹃，还有万紫千红的花草、黑白土黄斑斓的毡房，你好似进入了凡·高的视野，来到了五颜六色的世界。

站在"世界屋脊"，我们离天最近，你能听到天籁之音，你可以听到从古至今所有的声音，这声音神秘、浑厚、博大。

《阿姐鼓》以西藏为背景，诠释了生与死这一人类生活的永恒主题，其宽阔的音响效果，加上羊皮鼓的强烈打击，颇富感召力，弥漫着神秘色彩。

我觉得最激动人心的要属热巴舞中的鼓点。在许多西藏乃至全国的大型文艺晚会上，我们都能看到热巴舞艺人那激烈、欢快的身影，但远不如在荒野里那么狂放、原始，那么激动人心。热巴在西藏东部昌都一带最为流行，这里也是盛产"康巴汉子"的地方，充满原始的野心。那些艺人拿着手鼓，扭动腰肢，展开双臂，疾速旋转。

拉萨的夜雨，能为我们奏出最美妙的天音。我们是四月底五月初去的，初夏的拉萨已有夜雨了，但夏天的夜雨则更是奇妙。

每到深夜，雨开始疯狂起来。电闪雷鸣，冰雹交加。高潮来了，如一个庞大的交响乐队，在这个城市演奏最激动人心的乐章。寺庙的金顶声音清脆，经幡的声音沉闷，而大地的声音则迷离飘忽，白雾般溅起一个个清晰的音符。透明的雨丝带着一种奇异的乐声，从天上飘下来，整个世界好像被抽成了丝，婉转不绝地上下回绕。

在西藏，诵经声是声音的灵魂。我不能想象，如果没有诵经声，西藏会失去多少神秘的感觉。曾经有一段时间，我一闭上眼睛，诵经声就像落叶一样满脑子纷飞。我们在大昭寺聆听了喇嘛们的诵经声。我盘腿坐在地上，诵经的声音把我淹没了。那时我才知道，藏语是一种多么优美动听的语言，有旋律感，有金属音，高昂圆润，连绵不断，且起伏跌宕，峰回路转。这种诵经的间隔时间为几十分钟，最多要几个小时，连续起来就是几天几夜。在西藏，诵经的声音随处可听，特别是在拉萨传昭大法会期间，每天要进行六次祈祷诵经，黑压压一片僧人，从胸中发出的声音，摄人心魂。

哲蚌寺的措勤大殿是中国最大的佛殿，面积 4500 多平方米，有 183 根柱子，在藏族的观念里，面积是以柱子的多少来衡量的，一般家庭的房间最多有四根柱子，由此可以想象措勤大殿有多大了。这里最多可以容纳一万名喇嘛进行诵经。因为没有窗子，大殿里显

得很暗，朦朦胧胧中一束阳光从天窗射入进来。可以想象，上万名喇嘛同时诵经，声音低沉、震撼心扉，那场面真是气派。

在佛事活动中，我常常听到海螺的声音。也许因为西藏过去就是一片汪洋大海，所以至今仍能看到海螺的影子。佛像前就有一个白海螺，是镇寺之宝。我常常被那大海般的声音迷住。每次去看佛事活动，都能看到持海螺者走在仪仗队的最前面，引导众僧。海螺被称为佛号或者法号，据佛经记载，释迦牟尼说法时声震四方，如海螺之音，所以现在举办法会时常吹海螺。释迦牟尼认定雪域西藏将来必是佛光普照之地，就把一个海螺埋在"菜巴日"山上，后来，黄教创始人宗喀巴从山上挖出法号，这就是哲蚌寺的白海螺。在西藏，以右旋白海螺最受尊崇，被视为名声远扬三千世界之象征，也象征着佛祖回荡不息的声音。因此，白海螺是西藏八种吉祥物之首。

这诵经声、辩经声、海螺声，不也是天籁吗？

你听过"六字真言"吗？特别是成千上万人集体吟诵的时候。

直到今天，在西藏你听到最多的声音肯定是六字真言。至今，我还认为，没有一首诗能够像六字真言一样，以其无穷的含义，被无数人千百年来不停地吟诵和传唱。

唵、嘛、呢、叭、咪、吽，你能听出其中的奥妙吗？

临离开拉萨时，我曾试图带一块玛尼石回来，当作一份西藏的回忆，但最后我没有这样做，因为我知道，玛尼石就是荒野里的精灵。

石头堆成的玛尼堆，就是一篇沉默的经文。藏族同胞将经文中的一段或六字真言或佛像刻在石头上，放在山口路旁，日积月累而成堆。其中以六字真言最多，故称之为玛尼堆。

玛尼石刻的内容可分为四类：一是佛、菩萨和高僧的造像，二是本尊护法神像，三是忏悔和祈祷，四是符咒和警句。现在还出现了记事的玛尼石刻。玛尼石刻在西藏浩如烟海，而且主题重复，但内容绝少雷同，令人惊叹。

藏传佛教认为，丢一颗石子就等于念一遍经，于是玛尼堆越堆越高。

玛尼堆总是和经幡联系在一起。说到经幡，我的想象就开始飞

华严三圣

水晶

传习玉坊　王东光

扬，犹如经幡的旗帜在风中抖动一般。

在日喀则的公路两侧，在哲蚌寺的后山上，在西藏佛教学院的周围，风在吹，经幡在飘，蔚为壮观。

在西藏，哪里都是经幡的影子：山顶、房顶、门前、路口、佛塔、江河湖边、玛尼堆上……藏胞相信，漫天飞扬的经幡可以把不尽的祈祷，送往遍满十方虚空的诸佛菩萨耳中。

我们去拉萨的第二天，是佛祖释迦牟尼诞生的日子——藏胞称之为佛诞节。这一天，拉萨的善男信女，走出喧哗热闹的街市，来到山上，插经旗，挂彩幡，祭祀山神和水神。你站在高处望去，峰峦间涌满了敬神祈福的人们，他们煨烧香草树枝，烟云从山顶袅袅升起，像条条彩练与纷纷彩幡、哈达交相辉映。这经幡像是要挣脱绳索的羁绊，飞向金色的太阳。

除了情人，你会用全部躯体和内心触摸什么？藏族人民的回答是：大地、母亲和佛祖。

你见过磕长头的藏族佛教徒吗？他们从几百或几千里外，一步一磕，来到圣城拉萨，朝拜佛祖。在大昭寺前、转经道上、荒山野岭中，我们都会见到磕长头的藏胞。特别是大昭寺前，总能见到磕长头的人，青石板地面被磨得明晃晃的，犹如镜子，甚至有了深深的凹槽。有人在身边放一堆石子，磕一个头拨过一个石子，以计算究竟磕了多少。他们嘴里念的是六字真言或赞颂词等。

在通往拉萨的所有道路上，在青藏公路黑色的柏油路面上，在川藏公路飞扬的尘土中，在山野荒原的青青草地里，我们都能见到这样的朝圣者。

你们看，从四川来的一个朝圣老阿妈，她一路奔波来到拉萨，就是为在安东大昭寺前的广场磕长头。这一来二去三个月，甚至半年，她依然无怨无悔，面带慈祥。

在西藏旅行的人们，或许可以听到这样一首歌曲：

> 在那东方的山顶上，
>
> 升起洁白的月亮；
>
> 未嫁少女的面容，
>
> 显现在我的心上。

这是一首典型的情歌，甚至流传到了四面八方。但许多人都不知道，这首歌的词作者是六世达赖喇嘛仓央嘉措。仓央嘉措短暂的一生是一个传奇，它是西藏历史上著名的诗人，是一个把精神寄托

思维菩萨

水晶

传习玉坊　王东光

在爱情"东方的山顶"上的爱情浪子。

我们再来朗诵一段仓央嘉措那首人人都知道的情诗：

你见，或者不见我，我就在那里，不悲不喜。

你念，或者不念我，情就在那里，不来不去。

你爱，或者不爱我，爱就在那里，不增不减。

你跟，或者不跟我，我的手就在你手里，不舍不弃。

来我的怀里，或者，让我住进你的心里，

默然，相爱，寂静，欢喜。

仓央嘉措《见与不见》

如果你是一个高尚的人、一个纯洁的人，为什么不去追求自己的爱情？怎么不可以学学仓央嘉措？

我在想，生活在雪域高原的人们什么时候也会像仓央嘉措一样去追求属于自己的爱情！

一个国外游客说，当你的脚踏上拉萨时，你就踏入了天堂；当你告别拉萨，就是在告别天堂。

我去了一趟拉萨，真的像踏上了人间天堂，像被拉萨的圣洁清洗过一般，那就是震撼！心灵的震撼！

我不愿告别天堂，我想亲近天堂，愿梵天净土的西藏真的像天堂一样，永驻我心！

参考文献

1.《诗经》，十三经注疏本。

2.《东坡题跋》，题陶渊明诗，乾隆又赏斋刊本。

3. 刘勰：《文心雕龙》。

4. 钟嵘：《诗品》。

5. 严羽：《沧浪诗话》。

6. 陆机：《文赋》。

7. 徐复观：《中国艺术精神》，沈阳：春风文艺出版社，1987。

8. 宗白华：《美学散步》，上海：上海人民出版社，1981。

9. 钱钟书：《谈艺录》，北京：中华书局，1984。

10. 张彦远：《历代名画记》，北京：中华书局，1985。

11. 方玉润：《诗经原始》，北京：中华书局，1986。

12. 陈延焯：《白雨斋词话》，北京：人民文学出版社，1983。

13. 梁宗岱：《诗与真》，北京：外国文学出版社，1984。

14. 况周颐：《蕙风词话》，北京：人民文学出版社，《人间词话》合刊，1960。

15. 沈子丞：《历代论画名著汇编》，北京：文物出版社，1982。

16. 何文焕：《历代诗话》，北京：中华书局，1981。

17. 王国维：《人间词话》，北京：中华书局，2017。

18. 胡晓明：《万川之月——中国山水诗的心灵境界》，上海：生活·读书·新知三联书店，1992。

19. 尚刚：《林泉丘壑》，北京：北京大学出版社，2007。

20. 曹林娣：《静读园林》，北京：北京大学出版社，2007。

21. 朱良志：《曲院风荷》，合肥：安徽教育出版社，2010。

22. 朱良志：《南画十六观》，北京：北京大学出版社，2013。

23. 江富建：《玉润砣舞——中国玉雕艺术导论》，广州：羊城晚报出版社，2014。

24. 朱良志：《真水无香》，北京：北京大学出版社，2016。

25. 叶郎：《中国美学史大纲》，上海：上海人民出版社，1985。

26. 巫鸿：《走自己的路——巫鸿论中国当代艺术家》，广州：岭南美术出版社，2008。

27. 王朝闻：《美学概论》，北京：人民出版社，2004。

后记

读书，品茶，走山沟，观四时交替，赏玉润清明。游走在氤氲的山林间，回放于玉雕艺术的美学里，别无所求，自得其乐。

漫步在玉雕艺术的后花园中，坐石问玉人，琢明月清风，磨人间世事，付于这洁情高韵的玉雕艺术，归复于诗意起居的玉人生活，当可成为玉雕人心灵安顿之所。

故而，有了这漫步于玉雕艺术美学的粗浅脚印，有了这纯粹而真实生命呈现的自创拙构。自以为不让玉雕艺术之美雪藏，自以为不让玉雕人痴笑。

感恩盛世和平，感谢友人相助。感谢南阳师院国学大师聂振弢教授富有人文情怀的关照，感谢南阳师院玉雕学院的赵学忠老师、张静博士的倾心相助。感谢镇平玉神工艺品有限公司刘晓强大师、河南应汶玉文化传习玉坊王东光大师、镇平县春风德玉玉雕工作室张春风大师、苏州长风玉舍·大赵玉雕工作室赵显志大师、苏州文同轩玉雕艺术有限公司范同生大师、苏州一户侯玉雕工作室侯晓峰大师、苏州悠然居玉雕工作室庞然大师的友情支持。感谢广西师范大学出版社编辑的辛勤付出和助力出版。

　　同心同结，温润于心。

江富建

戊戌年深秋于伏牛山世界地质公园老界岭听溪庐